Die Wiedergeburt

Uwe Siebert

Die Wiedergeburt

Pandämonium Verlag

2. überarbeitete Auflage Februar 2019

Copyright ©2019 Uwe Siebert & Pandämonium Verlag
Umschlagbild: Faethor
Layout: Gerd Frey, Uwe Siebert,

Made in Germany

ISBN: 978-3-9813482-0-0

„Gesegnet sind die Starken,
denn sie werden die Erde besitzen.
Verflucht sind die Schwachen,
denn sie werden unterjocht werden.
Gesegnet sind die Mächtigen,
denn sie werden unter den Menschen verehrt werden.
Verflucht sind die Schwachen,
denn sie werden ausgelöscht werden."

Ragnar Redbeard
Might is Right

Die Wiedergeburt

Prolog

Langsam pirschten sich die Wölfe an die Überreste der Flüchtlingskarawane heran. Einst waren die Flüchtlinge von Westen aus aufgebrochen, um dem dort wütenden Krieg zu entgehen. Den Schlachtfeldern waren sie entkommen, nicht aber der Gewalt. Ihre Hoffnung auf ein Leben in Frieden war vergebens gewesen.

Nun lagen sie reglos auf dem gefrorenen Boden. Der Blick ihrer Augen war leer.

Schneeflocken sanken herab und begannen, die ersten Körper mit einem weißen Tuch zu bedecken.

Zwischen den Trümmern einer umgestürzten Kutsche bewegte sich plötzlich der Leib einer jungen Frau. Röchelnd atmete sie die eisige Luft ein, dann kroch sie über zerbrochene Holzlatten und unter der geborstenen Deichsel hindurch.

Nicht weit entfernt, erspähte sie, zwischen den Leichen zweier Maultiere, ein kleines Stoffbündel. Als sie es erreicht hatte, nahm sie es sacht in ihre Arme. Ein Gefühl von Erleichterung überkam sie, als das Schreien eines Säuglings zwischen den Stoffbahnen hervordrang.

Mit steifen Fingern streifte sie das Bündel auseinander. Augenblicklich bildete der warme Atem des Kindes kleine Wolken in der winterlichen Luft.

„Mein Sohn", flüsterte sie, „den Göttern sei Dank, du bist unversehrt."

Sanft strich sie ihm über die Wangen und drückte ihn an ihre Brust.

Die sich nähernden Wölfe machten ihr Angst. Sie konnte fühlen, wie ihr Leben aus dem Stich in ihrem Bauch herausblutete. Wenn sie erst aufgehört hatte zu atmen, würde ihr Kind zur Beute der Raubtiere werden.

Die Wölfe zerrten bereits an der Kleidung einiger toter Flüchtlinge. Bald würden sie sich nicht mehr nur mit

Die Wiedergeburt

kaltem Fleisch zufriedengeben.

In diesem Moment breitete sich ein Schatten über sie, und ihr war, als blickte sie in die Weiten eines sternenübersäten Himmels.

Ihr Blick begegnete schimmernden Augen, die denen eines Raubtieres nicht unähnlich waren, jedoch ihre Furcht verfliegen ließen. Der warme Atem desjenigen, den sie herbeigesehnt hatte, netzte ihr Gesicht.

Ein Wink von ihm genügte, und die Wölfe zogen sich zurück.

„Kümmere dich um meinen Sohn", keuchte sie flehend. „Ich liebe ihn so sehr."

Ihre Augen füllten sich mit Tränen.

Eine tiefe Stimme fragte: „Wie ist sein Name?"

„Sein Name ist Larkyen!"

Mit letzter Kraft hob sie ihr Kind zum Nachthimmel, und zwei große Hände griffen nach ihm.

Dann sanken die Arme der Mutter herab, sie hörte auf zu atmen, und ihr Blick wurde leer.

Der Schatten verschwand, und mit ihm das Kind.

Die Wölfe begannen ihr blutiges Mahl fortzusetzen …

Die Wiedergeburt

Kapitel 1 – Die weite Steppe

Der Nordwind trieb leichte Wellen über die Oberfläche des Kharasees, und sein Pfeifen übertönte das Geschnatter der Enten, die am Ufer entlang watschelten. Das Blut eines Mannes, dessen Leichnam mit Gesicht und Brust im zähen Schlamm lag und das klare Wasser rot färbte, störte sie nicht.

Von weit her mochte der Wind kommen, doch in der unendlichen Steppe verharrte er in allgegenwärtiger Erhabenheit. Er schien das Land Majunay, im Osten der Welt, Heimat zu nennen und mit zornigem Zepter zu beherrschen.

Wie vertraut war diese Umgebung noch gestern für den Nomaden Larkyen gewesen. Zu gern hatte er sich in den Weiten des Kharasees verloren, in dem sich an hellen Tagen der Himmel spiegelte und wie das Tor zu einer anderen Welt erschien.

Dieser Tag jedoch hatte alles verändert.

Larkyen kniete mit am Rücken gebundenen Händen auf dem kalten Boden. Die Kälte drang durch das Leder seiner Hose und die Fellstiefel, während der Schurwollstoff seines Hemdes noch immer schweißdurchtränkt war. Das schulterlange dunkle Haar hing ihm in Strähnen über das Gesicht. Verzweifelt rüttelte er an seinen Fesseln, bis seine Handgelenke wund waren, doch die Stricke ließen sich weder lockern noch lösen.

Zwanzig Winter waren seit seiner Geburt vergangen, und er wünschte sich nichts sehnlicher, als das Kämpfen erlernt zu haben. Als Krieger wäre er zumindest imstande gewesen, den Banditen, die ihn und die anderen dreißig Nomaden des Stammes der Yesugei überfallen hatten, Gegenwehr zu leisten.

Die kreisförmig angelegten Jurtenunterkünfte, die wie

Die Wiedergeburt

Pilze im Gras aufragten, waren schon von weitem unübersehbar gewesen und hatten die Banditen auf eine leicht zu erlegende Beute hingewiesen. Wahrscheinlich hatten sie die Nomaden schon seit Tagen beobachtet und ihren Tagesablauf im Lager studiert.

Die Banditen entstammten dem Land des ewigen Eises im hohen Norden, das Kedanien genannt wurde. Es waren Barbaren von riesenhaftem und muskulösem Wuchs, mit Haut so hell wie der Schnee ihrer Heimat. Sie kämpften mit einer Schnelligkeit und gnadenlosen Brutalität, der kein Nomade gewachsen war.

Larkyen konnte die Erinnerung an ihre Gräuel keinen Augenblick lang verdrängen.

Mit der Morgendämmerung waren sie auf ihren Pferden gekommen – hochgezüchteten, kräftigen Rössern, ihren Herren angemessen – um unaufhaltsam wie eine Lawine zuzuschlagen. Die ersten Warnrufe der Schafhirten wurden durch eine Reihe kedanischer Bogenschüsse erstickt. Und als die Nordmänner zwischen den Jurten hindurch ritten, trampelten ihre Pferde die flüchtenden Nomaden nieder wie Steppengras. Nicht einmal Frauen und Kinder blieben verschont.

Larkyens Adoptivfamilie – die Frau, die er Mutter nannte, den Mann, den er Vater nannte, sowie ihr älterer Sohn – sie alle waren tot. Auch Larkyens Weib Kara, die ihm im nächsten Frühling ein Kind geschenkt hätte, war den Klingen der Banditen nicht entkommen. Und nun neigte sich auch Larkyens Leben dem unvermeidlichen Ende zu. Als einem von vier Gefangenen, die übrig geblieben waren, trennten ihn nur noch einige Atemzüge vom Tod.

Hatte er sich anfangs noch gefragt, weshalb die Banditen überhaupt jemanden am Leben gelassen hatten, war ihm der Grund nun völlig klar.

Schon seit einer Weile beobachtete er, wie sie sich daran ergötzten, die Überlebenden nacheinander öffentlich zu quälen und abzuschlachten. Ein neuer Schwertstreich durchschnitt die Luft, und mit einem dumpfen Laut kullerte ein weiterer Schädel über die Erde – Nase und Ohren waren abgeschnitten, sie dienten den Mördern als Trophäe.

Neben dem Gestank von menschlichem Blut, der die Luft so schwängerte, dass Übelkeit in Larkyen hochstieg, drang auch der Geruch von gekochtem Schafffleisch an seine Nase, das in einem Topf über dem Feuer garte.

Das klagende Blöken der durch das Lager streifenden Schafe deutete darauf hin, dass sie den Tod eines Artgenossen ebenfalls riechen konnten.

Larkyen hörte schwere Schritte, die auf ihn zukamen, dann spürte er einen Schlag gegen seinen Kopf, der ihm beinahe das Bewusstsein raubte. Er sackte mit brummendem Schädel zur Seite. Im nächsten Moment sah er über sich den in Felle gekleideten, kahlköpfigen Banditen, aus dessen stoppelbärtigem Gesicht gelbe Zähne grinsten.

„Du gehörst nicht zu ihnen", zischte der Glatzkopf. „Deine Augen sind rund, und deine Haut ist hell."

Er beugte sich zu Larkyen hinab. Seine Hand, an der noch getrocknetes Blut klebte, legte sich um Larkyens Kehle. Lange sah ihm der Bandit ins Gesicht. Larkyen konnte durch sein Äußeres nicht verleugnen, das er aus einem anderen Land stammte als Majunay. Denn während die Haut der Nomadenvölker rötlich und die bernsteinfarbenen Augen in ihren breitwangigen Gesichtern schmal waren, war Larkyens Haut weiß, und seine Augen grün und groß. Die hohen Wangenknochen in seinem schmalen Gesicht verliehen ihm scharfe kantige Züge.

„Wärst du größer und stärker, könntest du glatt von uns abstammen. Doch woher stammst du? Und was hast du bei den Nomaden verloren?"

Der Bandit grinste flüchtig, denn er vermutete,

Die Wiedergeburt

Larkyen müsse irgendwo aus dem Westen stammen.

„Ich bin Kentare!", sagte Larkyen.

Der Glatzkopf schien beeindruckt.

„Du stammst wirklich aus Kentar? Der Heimat der Wölfe des Westens? Das ist doch der Name, der deinem Volk gegeben wurde, nicht wahr? Warum lässt sich ein Kentare mit diesem schlitzäugigen Majunayvolk ein? Hinter dir liegt mit Sicherheit ein interessantes Leben, aber heute wird es sein Ende nehmen, verlass dich drauf."

Nach diesen Worten packte der Kedanier Larkyen an den Fesseln und riss ihn auf die Beine. Plötzlich hielt er inne.

„Was ist das?" flüsterte er, den Blick auf Larkyens linken Handrücken gerichtet. „Du trägst ein Mal."

Larkyen zuckte zusammen. Das seltsame Zeichen auf seiner Haut war nicht zu übersehen. Es war pechschwarz und hatte die Form einer lodernden Sonne.

Weder er noch die Nomaden und seine Adoptiveltern hatten je erfahren können, was es bedeutete.

„Taloy! Bring den Gefangenen zu unserem Herrn! Na, wird's bald!" befahl ein Bandit, der in eine mit Nieten übersäte Lederrüstung gekleidet war. Sein Gesicht zeugte von seiner nordischen Abstammung, und im langen dunkelblonden Haar zeigten sich erste graue Strähnen. Zweifellos war er einer der Ältesten unter den Nordmännern, doch unter Kedaniern ging Alter keinesfalls mit Gebrechen einher, sondern zeugte allenfalls von Erfahrenheit im Kampf.

„Warum dauert es so lange?" fragte der Kedanier erzürnt. „Unser Herr wartet begierig auf den Nächsten! Oder willst etwa du der Nächste sein?"

„Nein, Wargulf!" stotterte der Glatzkopf. „Mir ist nur dieser Mann aus dem Westen aufgefallen. Er sagt, er sei Kentare, und er trägt ein merkwürdiges Mal. Sieh doch!"

Wargulf stieß den Glatzkopf zurück und warf einen kurzen Blick auf das schwarze Mal.

„Ich war lange im Westen unterwegs", sagte er schließlich. „und dieses Zeichen hat ganz sicher eine Bedeutung. Unser Herr sollte sich, nachdem er seinen Durst gestillt hat, den Kentaren mal genauer ansehen."

Er packte Larkyen an der Kehle.

„Du bleibst am Leben. Jedenfalls fürs erste."

Ehe er zurück zu den anderen Kedaniern ging, befahl Wargulf dem Glatzkopf: „Du bringst jetzt den nächsten Gefangenen zu unserem Herrn!"

Der Glatzkopf nickte.

„Du kannst dich glücklich schätzen!" grummelte er, zu Larkyen gewandt.

„Wer ist euer Herr?" fragte Larkyen. „Wer ist dieser feige Hund, der für all das Morden die Verantwortung trägt?"

Als der Glatzkopf das hörte, schlug er Larkyen sofort zu Boden.

„Wie kannst du es wagen", schnaubte er und trat Larkyen in den Bauch.

Weitere schmerzhafte Tritte folgten, mit denen Larkyen so lange vor seinem Peiniger hergetrieben wurde, bis er blutüberströmt an einem Felsen liegen blieb und sich prustend übergab.

Der Bandit aus Kedanien spuckte ihn verächtlich an und ging zu den anderen drei Gefangenen, von denen keiner es gewagt hatte, seinen Blick oder gar seine Stimme zu erheben. Machtlos sah Larkyen zu, wie der Glatzkopf zwei weitere Gefangene wegführte.

Der letzte von ihnen war Larkyens gleichaltriger Freund Endrit. Larkyen hörte ihn schluchzen.

„Endrit", flüsterte er. Der Freund sah kurz zu ihm auf, und Larkyen las in seinen Augen, dass Endrit jeglichen Lebenswillen verloren hatte. Es schmerzte ihn, seinen Kameraden, auf dessen Gesicht sonst stets ein Lächeln spielte, so sehen zu müssen.

Die Wiedergeburt

Trotzdem verspürte Larkyen Hoffnung – für sie beide. Der Fels, vor dem er lag, war spitz und kantig. Zumindest eine seiner Ecken war scharf genug, um den Strick zerschneiden zu können. Er wollte Endrit soeben von seiner Entdeckung berichten, als der Glatzkopf zurückkehrte.

Diesmal zerrte er Endrit auf die Beine und schob ihn vor sich her, bis eine Reihe eng zusammenstehender Jurten die Sicht auf ihn versperrten. Dahinter ertönte lautes Grölen und Jubeln. Larkyen hörte Endrit um Gnade flehen, darauf folgte das höhnische Gelächter mehrerer Männer.

Nun gab es nur noch ihn, und er musste den Moment nutzen, um fliehen zu können. Larkyen presste seinen Rücken gegen den Felsen. Panisch darauf hoffend, dass ihm genug Zeit blieb, begann er seine Fesseln zu reiben. Sein Herz hämmerte wie wild.

Endlich lockerte sich der Strick, und Larkyen streifte die Fesseln ab.

Im selben Augenblick kam der Glatzkopf zurück. Larkyen behielt die Hände hinter dem Rücken.

„Gleich bist du an der Reihe, unserem Herren gegenüberzutreten", verkündete der Bandit mit hässlichem Grinsen, während er sich zu Larkyen herabbeugte.

Hinter seinem Rücken tasteten Larkyens Finger nach einem Stein, und er bekam einen faustgroßen Brocken zu fassen. Mit einer raschen Bewegung fuhr seine rechte Hand nach vorn und schmetterte dem Banditen den Stein gegen die Schläfe.

Lautlos fiel der Glatzkopf vornüber. Mit einem Ausdruck von Überraschung und Schmerz sah er zu Larkyen auf. Larkyen hob den Stein und schlug erneut zu, immer und immer wieder, bis das Gesicht des Banditen zu einer blutigen Masse verschmolz.

Larkyen war außer Atem, und sein Herz raste. Er blickte panisch um sich, doch zu seiner Beruhigung hatte ihn niemand gesehen. Nie zuvor hatte er einen Menschen getötet, dennoch verspürte er einen Hauch von Genugtuung.

Nun aber musste er so schnell wie möglich verschwinden. Er wollte leben, um alles in der Welt.

Geduckt schlich er zwischen den Jurten und mehreren Schafen hindurch zu den Pferden, die an ihrer Tränke am Seeufer standen. Die großen kedanischen Rösser boten ihm gute Deckung. Nicht nur, dass sie größer waren als die Steppenpferde der Nomaden, sie schienen auch die Aggressivität ihrer Herren angenommen zu haben. Schnaubend drängten sie mit ihren langen Hälsen die kleineren Artgenossen von der Wasserstelle.

Die Banditen, die sich anscheinend in Sicherheit wähnten, hatten es nicht für nötig gehalten, Wachposten aufzustellen. Während der eine oder andere von ihnen die Leichen fledderte oder die Jurten noch immer nach wertvollen Gegenständen durchsuchte, hatten sich die meisten um das Lagerfeuer und Endrit versammelt.

Larkyen konnte einen Blick aus nächster Nähe auf sie erhaschen. Es mochten fünfundzwanzig Mann sein. Die bauschigen Schafsfelle, die sie über die Schultern trugen, um sich vor dem kalten Wind zu schützen, konnten ihre kräftige Statur nicht verbergen. Ihre straffen Muskeln zeichneten sich sichtbar unter der Kleidung ab, und die Narben auf ihren Gesichtern zeugten von ihren zahlreichen Kämpfen. Der arme Endrit war diesen Wilden ausgeliefert. Sein geschundener Körper war längst blutüberströmt. Die Banditen aus Kedanien schubsten ihn zwischen sich herum, und sobald er zu Boden ging, schlugen oder traten sie auf ihn ein.

Larkyen hätte ihm gerne geholfen, doch was konnte er als einfacher Nomade gegen diese Horde ausrichten?

Plötzlich sah Endrit zu ihm hinüber. Als sich ihre Blicke trafen, glaubte Larkyen, Hass darin zu erkennen. Dieser Hass galt ihm, weil er sich befreit und eine Möglichkeit zur Flucht gefunden hatte, während andere dem Tod geweiht waren. Der flinke Streich einer Schwertklinge enthauptete Endrit.

Die Banditen jubelten und lachten. Auf einmal jedoch verstummten sie.

Ein Mann von erschreckender Leibeshöhe trat zwischen ihnen hervor. Er überragte alle Kedanier, und angesichts seiner gewaltigen Muskeln schien sich keiner unter den Barbaren des Nordens mit ihm messen zu können. Sein schwarzes Haar trug er im Nacken zu einem dicken Zopf geflochten. Sein linkes Auge verschwand unter einer hässlichen Narbe. Die schwere Kettenrüstung, die er über seiner Fellkleidung trug, rasselte bei jedem seiner Schritte. Dieser Hüne ergriff Endrits Haupt am Schopf, hielt es demonstrativ über sich in die Luft, und ließ das herabtropfende Blut in seinen offenen Mund fließen.

Larkyen erschrak, und eine lähmende Furcht überkam ihn.

Der Einäugige war kein Geringerer als Boldar die Bestie, der aus den Weiten der kedanischen Taiga im hohen Norden stammte. Larkyens Adoptivvater Godan hatte abends am Lagerfeuer die grausigen Geschichten von Boldar und seinen Banditen erzählt, wie sie weit durch die Steppen zogen, um zu rauben und zu morden. Von Boldar jedoch hieß es, dass er nicht nur der Beute halber tötete, sondern auch wegen des Blutes seiner Opfer, das er trank, um sich deren Kraft zu bemächtigen. So war er zum stärksten aller Kedanier geworden, und nur ein perfekt ausgebildeter Krieger konnte es mit ihm aufnehmen.

Damals, wenn Larkyen gespannt den Erzählungen seines Adoptivvaters gelauscht hatte, hätte er nie geglaubt, der Bestie eines Tages selbst zu begegnen. Nun aber stand sie direkt vor ihm.

Nachdem der Einäugige genügend Blut getrunken hatte,

ließ er den abgetrennten Kopf zu Boden sinken. Dann hob er triumphierend ein langes, prächtiges Schwert in die Luft, dessen Klinge in kühlem Eisblau erstrahlte. Mit donnernder Stimme brüllte er: „Nordar! Heil dem Kriegsgott unseres Volkes." Die anderen Kedanier stimmten in den Ruf ein.

Larkyen schwang sich auf den Rücken eines Steppenpferdes. Beruhigend strich er der Stute durch die buschige Mähne und redete ihr gut zu. Dann ritt er geradewegs los.

Er war ein ebenso guter Reiter, wie auch die anderen Nomaden es gewesen waren, denen das Reiten von Kindesbeinen an im Blut lag. Er hatte sich bereits einen guten Vorsprung erarbeitet, als die Banditen seine Flucht bemerkten. Während der kalte Wind seine Ohren peitschte, sich aber auch lindernd über den heißen Schmerz seiner Wunden legte, blickte er zurück.

Acht Reiter folgten ihm. Sie mochten die weiten Grasebenen ebenso gut kennen wie Larkyen, dennoch hoffte er, dass sie sich nicht allzu lange von ihren Gefährten entfernen würden.

In der Ferne ragten die Ausläufer des Altoryagebirges als graue, leicht bewaldete Hügel auf. Dahinter erkannte er bereits die gezackten Berge, die sich beinahe schwarz vor dem Himmel abzeichneten. Spätestens im Gebirge würden die Banditen seine Spur verlieren.

Ein paar Pfeile sausten erschreckend nahe an Larkyens Kopf vorbei.

Wieder drehte er sich um, und abermals schoss einer der Banditen während des Galopps mit seinem Bogen. Da spürte Larkyen einen kräftigen Ruck in seiner linken Schulter, ein stechender Schmerz folgte und raubte ihm fast den Atem. Die Wucht des Pfeils hatte seinen Leib durchschlagen, und dicht neben seinem Kinn ragte die metallene Spitze hervor. Der weiße Stoff seines Hemdes sog sich voll mit Blut. Larkyens linker Arm baumelte herab, und während der Schmerz bis in seinen Oberarm hinab kroch, breitete sich in Unterarm und Fingerspitzen Taubheit aus.

Benommen und mit nur einer Hand an den Zügeln, wurde es für Larkyen immer schwieriger, das Pferd bei vollem Galopp im Zaum zu halten. Der Weg wurde steiler, der Boden immer fester und steiniger.

Nun stellte Larkyen zu seiner Erleichterung fest, das die Banditen die Verfolgung eingestellt hatten und zurück zum Kharasee ritten, der nur noch als großer glänzender Fleck im Tal zu erkennen war.

Rauch stieg von dort auf. Wahrscheinlich brannten die Banditen die Jurten nieder. Dort unten lagen sie, seine Familie, seine Freunde, und mit ihnen alles, was ihm so vertraut gewesen war. Er fragte sich, ob er je über diesen Verlust hinweg kommen würde.

Langsam ritt Larkyen weiter, und je mehr Blut er verlor, umso erschöpfter fühlte er sich. Er ließ das Pferd entscheiden, wohin der Weg führen sollte; er war zu schwach, um noch die Kontrolle behalten zu können. Fest krallte er sich in die Mähne des stämmigen Pferdehalses und ließ schließlich den Kopf sinken, während ihn tiefe Bewusstlosigkeit umfing.

Die Wiedergeburt

Kapitel 2 – Im Schatten kalter Berge

Heiseres Kriegsgeschrei erklang, ausgestoßen von kräftigen Nordmännern, die wie im Blutrausch tobten. Mit tödlicher Präzision geführte Schwerter schnellten durch die Luft. Blut spritzte, und Godan, Larkyens Adoptivvater, sank mit zerfetztem Brustkorb zu Boden, wo seine Frau und sein Sohn bereits in ihrem Blut lagen. Larkyens Weib Kara flehte auf Knien um Gnade, bevor auch ihr Leben und das ihres ungeborenen Kindes durch den kalten Stahl ein Ende fand. Larkyen sah in ihre Augen, deren Glanz langsam erlosch.

„Kara ...", flüsterte er. „Kara ...!"

Hilflos schweiften seine Blicke über die blutigen Leiber.

„Ihr dürft nicht sterben", flehte er sie an.

Der Tod war etwas Endgültiges. Es gab kein Zurück von dort, und alles was blieb, waren erbarmungslose Schmerzen.

Als Larkyen die Augen öffnete, fand er sich im Schein eines knisternden Kochfeuers wieder, in dicke flauschige Schafsfelle gehüllt. Sein Oberkörper war nackt. Die Wärme der Flammen tat ihm gut, und wenn auch seine Schulter noch schmerzte, fühlte er sich doch besser. Die Luft war von Kräuterduft erfüllt, der tief in seine Atemwege drang. Er stellte fest, dass er im Inneren einer Jurte lag. Jemand flößte ihm heißen Milchtee ein, und Larkyen trank so hastig, das er sich beinahe verschluckte.

„Ruhig", sagte eine tiefe Stimme. „Du bist noch sehr schwach."

Larkyen blickte in das vom Wind gegerbte Gesicht eines alten Mannes. Das schlohweiße Haar floss in langen Strähnen unter seiner Fellmütze hervor.

„Ich habe mich um deine Wunde gekümmert", erklärte der Alte. „Der Pfeil, der dich traf, war vergiftet, die Spitze drang direkt durch deinen Körper, ohne dass der Knochen splitterte. Aber es ist viel Gift in deine Adern gelangt."

„Wo bin ich. Und wer bist du?"

Der alte Mann kicherte.

„Verzeih, junger Freund, aber wenn man so lange allein lebt wie ich, vergisst man seine Manieren. Du hast Recht, zuerst sollte man sich vorstellen. Mein Name ist Ojun."

„Du bist ein Schamane, nicht wahr?"

Der alte Mann nickte.

„Du befindest dich am Rande des Altoryagebirges", erklärte er. „Hier in der Einsamkeit ist mein Heim."

Ojun lächelte, und Larkyen erkannte in seinen bernsteinfarbenen Augen, dass der alte Mann es gut meinte.

Larkyen tastete seine Schulter ab, deren Wunde sauber verbunden war. Die Schmerzen hatten aufgehört. Seinem Verband entströmte der herbe Duft von Kräutern.

„Mein Name ist Larkyen", flüsterte er schließlich, „und ich bin vom Stamm der Yesugei."

„Du hast einen langen Weg hinter dir, Larkyen", sagte Ojun. „Der Kharasee ist weit von hier entfernt."

„Woher weißt du ..."

„Du hast im Schlaf gesprochen. Es tut mir leid, was passiert ist. Es muss schlimm sein, die eigene Familie zu verlieren."

„Es ist sogar die zweite Familie, die ich verloren habe." Er spürte, wie die Worte nur mühsam über seine Lippen traten.

„Ich hätte es mir denken können. Dein Aussehen verrät deine westliche Herkunft."

Larkyen verfiel in Schweigen, ehe er sich dazu überwinden konnte, dem Schamanen seine Geschichte zu erzählen. Er fand, dass er seinem Retter diese Offenheit schuldig war.

„An meine erste Familie kann ich mich nicht mehr erinnern, ich war noch zu klein. Damals wütete in weiten Teilen des Westens ein verheerender Krieg. Meine Eltern flohen mit einem Flüchtlingskonvoi gen Osten. Auf dem Westpass in Richtung der Stadt Dakkai wurden die völlig erschöpften Flüchtlinge von Wegelagerern überfallen. Meine Mutter und ich waren die einzigen Überlebenden. Die Nomaden vom Stamm der Yesugei entdeckten uns und nahmen uns mit. Meine Mutter starb nur wenige Tage danach an ihren schweren Verletzungen, zuvor jedoch hatte sie die Nomaden darum gebeten, sich um mich zu kümmern. Godan und sein Weib Tsarantuya nahmen mich schließlich an Kindes Statt auf. Sie wurden mir Vater und Mutter, und ihr Sohn Alvan mein Bruder. Auch Godan konnte mir nie etwas Genaues über meine Herkunft sagen. Alles was er wusste, war, das ich von jenseits des Altoryagebirges stamme, weit im Westen. Aus einem Abendland, gelegen an der Küste des Grauen Meeres, wo ein Volk mit Namen Kentar lebt."

„Kentar", wiederholte Ojun. „Ein Wolfskopf zierte ihre Banner, und die Kunde von ihnen drang sogar bis nach Majunay. Wölfe des Westens, ja, so wurdet ihr Kentaren genannt. Doch die Kentaren wurden in einer gewaltigen Schlacht, die die Welt erbeben ließ, fast vollkommen ausgelöscht. So steht es in den Kriegschroniken von Ken-Tunys."

„Du hattest Zugriff auf die Kriegchroniken? Wo bekamst du Einblick in diese Schriften?"

„Ich bin im Leben viel herumgekommen, bevor ich schließlich in die Einsamkeit zog. Sei gewiss, dein Volk wird niemals in Vergessenheit geraten."

Larkyen seufzte, dann sagte er: „Die Kentaren sollen große Krieger, Handwerker und Baumeister gewesen sein. Ich aber spüre nichts davon in mir. Sonst hätte ich diesem grausamen Treiben in unserem Lager am Kharasee ein Ende bereiten können."

So sehr Larkyen sich auch über seine eigene Wehleidigkeit ärgerte, so tat es doch auch gut, alle Zweifel und Bedenken offen auszusprechen. Der alte Schamane erweckte bereits nach so kurzer Zeit den Eindruck, ein verständnisvoller Mann zu sein, dass es Larkyen nicht schwer fallen würde, offen mit ihm zu sprechen.

„Das Leben in der Steppe ist derzeit grausam", sagte Ojun. „Boldar versetzt ganze Landstriche in Angst und Schrecken, er hat bereits viele Sippen ausgelöscht, und es gibt niemanden, der stark genug ist, um es mit ihm aufzunehmen."

Larkyen sah lange Zeit in die Flammen, dann sagte er:

„Ich sah, wie er das Blut eines Toten trank."

„Die Kunde von Boldar der Bestie ist sogar bis zu mir gedrungen", sagte Ojun. „Das Blut seiner Feinde verleiht ihm die Macht, die er braucht, um jedem seiner Gegner überlegen zu sein."

Larkyen richtete sich auf, und die Lederhose klebte an seinen Oberschenkeln. Seine Knie fühlten sich weich an, und er drohte im nächsten Moment zu Boden zu sinken.

„Nicht so hastig", sagte der Schamane und versuchte ihn zu stützen, doch Larkyen winkte lächelnd ab.

„Es geht schon."

Unweit seines Liegeplatzes fand er sein Hemd und streifte es sich über. Anscheinend hatte der Schamane versucht, das Blut aus der Wolle zu waschen. Noch immer zeugte ein blasser rotbrauner Fleck um das Pfeilloch von der Verwundung.

Mit kleinen Schritten trat er aus der Jurte hinaus in die Nacht und spürte den beißenden Hauch der frischen Luft, die seine Erschöpfung zum Verschwinden brachte. Der Himmel war sternenklar, und der Mond leuchtete. Ein eisiger Windstoß blies Larkyen ins Gesicht.

Die Wiedergeburt

Nur unweit von Ojuns Jurte waren an einem hölzernen Pfahl drei Pferde festgebunden; eines davon war das von Larkyen. In der Dunkelheit zeichneten sich die Umrisse schlafender Schafe und Ziegen ab, und ganz in der Nähe plätscherte ein Bach.

Larkyen sah hinaus in die Ferne.

Der Mondschein zauberte auf die mit Schnee bedeckten Bergspitzen ein kühles Blau.

„Ich muss wahrlich sehr weit geritten sein", murmelte Larkyen.

Ojun trat zu ihm.

„Vom Kharasee benötigt ein Reiter bei guter Gesundheit zwei volle Tage", erklärte er. „Dein Pferd hat gut daran getan, dich zu mir zu bringen, denn ich bin hier oben weit und breit der einzige Mensch."

„Was treibt einen alten Mann in eine so einsame Gegend? Ein Schamane sollte bei seinem Stamm bleiben und den Menschen Hilfe und Beistand bieten."

„Das ist eine lange Geschichte, junger Larkyen", sagte Ojun. „Zu lang für diesen Moment. Gerne jedoch erzähle ich sie dir ein anderes Mal. Du aber solltest dich weiter ausruhen."

Larkyen schüttelte den Kopf.

„Mir gehen diese Bilder nicht mehr aus dem Kopf", flüsterte er. „Wie die Kedanier meine Leute töteten. Sobald ich die Augen schließe, sehe ich Blut in Strömen fließen, und ich sehe ihre Köpfe, wie sie über den harten Boden rollen. Ich sehe den Leichnam meines Weibes, den leeren Blick ihrer Augen. Und ich konnte nichts tun, konnte nichts daran ändern.

Ich glaubte einmal zu wissen, was es heißt, ein Nomade zu sein. Seit ich denken kann, bin ich mit den Yesugei durch die Steppenlandschaft Majunays gezogen, vom Kharasee bis zum Fluss Nefalion weit im Osten. Ich war immer an ihrer Seite, kümmerte mich um das Vieh und lernte, ein guter Reiter zu werden. Doch all meine Anstrengungen waren umsonst, weil ich ihnen in der schwersten Not nicht beistehen konnte."

Larkyen war sich im Klaren darüber, dass so vieles aus seiner Vergangenheit ihm nicht mehr von Nutzen sein konnte. Was hieß es jetzt noch, ein Nomade zu sein? Die Nomadenstämme in ihrer Friedfertigkeit glaubten, dass die Steppe mit ihren unendlichen Weiten für alle genug Platz zum Leben bot. Konflikte mit anderen Stämmen waren ihnen, die die Nähe von Fremden stets gemieden hatten, so gut wie unbekannt. Zweifellos war das Leben in der Natur ein Ringen und Kämpfen gegen ihre Widerstände. Anpassung konnte über Leben und Sterben entscheiden. Ein Nomade maß seine Kräfte lediglich mit den Jahreszeiten, die ihm vertraut waren wie sonst keinem. Doch egal, wie sehr Witterung und schwere Arbeit einen Nomaden abgehärtet hatten, so schien es doch, dass die gegenwärtigen Tage nur denen gehörten, die Erfahrung im Kampf mit dem kalten Stahl hatten.

Die Zeit des Krieges gehörte den Kriegern.

Larkyen trat ein paar Schritte hinaus in die Dunkelheit, atmete tief durch und starrte lange und nachdenklich in die Nacht. Ojun, der ihm nachgegangen war, legte ihm beruhigend eine Hand auf die Schulter und sagte:

„Die Dunkelheit der Nacht lässt unsere Sorgen und Nöte mitunter so gewaltig erscheinen, dass sie uns erdrücken können."

Trotz seiner langen Einsamkeit konnte der Schamane die Gefühle eines Menschen noch gut nachvollziehen.

Larkyens Wunsch, das Leben eines Nomaden wieder aufzunehmen, war unendlich groß, doch er würde sich nicht erfüllen, das wusste er.

Die Realität war ein Ort von unermesslicher Härte, der nur durch gute Erinnerungen Einhalt geboten werden konnte.

Die Wiedergeburt

Er rief sich das Gesicht seiner Adoptivmutter Tsarantuya vor Augen, ihr gütiges und fürsorgliches Lächeln, stellte sich die tiefe und markante Stimme seines Adoptivvaters Godan vor, wenn er nach ihm rief. Die langen Ausritte mit Alvan durch die weite Steppe, zu den Herden der wilden Pferde. Doch der Mittelpunkt all dieser Momente war stets Kara.

Larkyen überlegte, wie es wohl gewesen wäre, das gemeinsame Kind im Arm zu halten, wie dessen kleine Finger nach seiner Hand tasteten. In das junge Antlitz zu blicken, um darin einen Teil von sich selbst wiedererkennen zu können. Wie alle Väter wollte er Vorbild sein und sein Kind bis ins Erwachsenenalter begleiten. Larkyen hatte all das zurückgeben wollen, was er selbst durch die liebevolle Fürsorge seiner Adoptiveltern erfahren hatte.

Es hatte sogar Tage gegeben, an denen er sich das große Abenteuer gewünscht hatte. Nun steckte er mittendrin und trauerte um den friedlichen Alltag und die Menschen, die mit ihm ihr Ende gefunden haben.

„Larkyen", sagte Ojun. „Begib dich in die Jurte; frei von Unruhe und Sorgen sollst du diese Nacht sein. Ruhe dich auf den Fellen aus und schlafe."

Vielleicht hatte der alte Schamane Recht. Schlafen schien in diesem Moment die beste Lösung zu sein. Schlafen, um aufzuwachen und festzustellen, dass alles nur ein böser Traum gewesen war.

Er ging zurück zu der Jurte. Bevor er eintrat, drehte er sich noch einmal zu dem alten Mann um und verbeugte sich tief, wie es im Osten der Welt Brauch war.

Sein Schlaf in dieser Nacht war tatsächlich frei von Sorgen und bösen Träumen.

Der folgende Tag war sonnig und angenehm warm. Der Sommer zeigte sich noch einmal in voller Pracht.

Larkyens Leib schmerzte innerlich, so als würden

hunderte glühende Nadeln seine Eingeweide bearbeiten. Noch immer floss das Gift in seinen Adern, und die Wunde unter seinem Verband war geschwollen und blau angelaufen. Ganz gleich, wie groß die Pein war, er stieß nicht einen einzigen Schrei aus. Ojun bestrich die Wundränder mit einer Essenz aus herb duftenden Kräutern, darüber legte er einen neuen Verband an.

Auf Geheiß des Schamanen schonte Larkyen seine Kräfte noch, indem er die meiste Zeit auf seinen Fellen in der Jurte lag, oder wenn es ihm zu heiß wurde, draußen in der Sonne vor sich hin döste.

Ein Stück entfernt von der Jurte befand sich eine Feuerstelle mit knisternden Holzscheiten. Wenn er wach war, ließ er sich manchmal auch dort nieder. Dann blickte er in die Flammen. Wieder einmal gab er sich dabei Gedanken an Kara hin. Die einzige Frau, die er je geliebt hatte.

Es hatte eine Weile gedauert, bis auch der Stamm der Yesugei ihre Liebe anerkannt hatte. Und durch die Zustimmung zu ihrer Vermählung hatten die Yesugei mit einer alten Stammestradition gebrochen, die besagte, dass die Liebe einer Majunayfrau auch nur einem Majunaymann gehören darf. Nie zuvor hatte es eine Vermählung zwischen einer Nomadin und einem Kentaren aus dem Westen gegeben. Alles nur weitere Erinnerungen.

„Hast du denn nichts für mich zu tun?" fragte er den Schamanen, der soeben ein dreibeiniges Metallgestell über den Flammen aufbaute und einen mit Wasser gefüllten Kessel daran aufhängte.

„Du musst dich erholen", antwortete Ojun.

„Viel eher muss ich mich ablenken."

„Ich verstehe, dass dir deine Lage nicht gefällt. Doch dein Körper benötigt alle Kräfte, um das Gift in dir abzubauen."

Der Schamane hatte am Morgen eines der Tiere geschlachtet und bereitete nun das Fleisch zu, ehe er es zum

Kochen in den Kessel gab. Nach einiger Zeit schwängerte der kräftige Geruch von Schafsfleisch die Luft.

Der Tag schien kein Ende zu nehmen. Larkyen war froh, wenn der Schamane ihn abermals in tiefem Schlaf versinken ließ.

Beim morgendlichen Verbandwechsel sah die Verwundung noch immer beängstigend aus, auch wenn die Schwellung deutlich zurückgegangen war.

„Ich spüre bereits, wie es mir besser geht", stellte Larkyen fest. „Es tut nicht mehr allzu weh."

„Du hast deine leiblichen Schmerzen bisher gut unter Kontrolle gehabt. So viel steht fest. Du bist ein zäher Bursche. Und die Heilkräuter tun ihr übriges und entfalten ihre Wirkung, aber deine vollständige Genesung wird dennoch einige Zeit brauchen."

„Du hast viel für mich getan, Schamane. Genesung hin oder her. Lass mich bis dahin tun, was ich kann, um meine Schuld bei dir zu tilgen."

„Du schuldest mir nichts", gab Ojun trotzig zurück. „Und du solltest in deinem Zustand auch nicht übermütig werden."

Und als der Schamane ihn daraufhin beschämt anblickte, fügte Larkyen rasch hinzu: „Du darfst das Angebot eines Yesugei nicht abschlagen, Schamane. Du würdest mich damit beleidigen."

„Eigentlich solltest du dich noch ausruhen. Aber es geht dir wirklich um ein Vielfaches besser. Dann mach dich eben nützlich, du Sturkopf. Aber denk auch an deine Wunde, und dass du noch schwach bist und …" Ojun winkte ab und schüttelte den Kopf. „Du weißt es ja doch besser", grummelte er.

Larkyen lächelte.

Der Schamane machte zunächst keinerlei weitere Anstalten, Larkyens Hilfsbereitschaft auch wirklich in Anspruch zu nehmen. Irgendwann jedoch schickte er ihn in den Wald, um Feuerholz zu sammeln. Larkyen war froh, sich endlich nützlich machen zu können. Er genoss es, zwischen den Bäumen umherzugehen, und sah sich neugierig in ihren Kronen um. Er entdeckte Vögel, denen er in der Steppe niemals begegnet war, und lauschte ihrem Zwitschern. Als er mit dem Feuerholz zurück zu der Jurte kam, spürte er, wie Schwäche ihn übermannte und seine Knie weich wurden. Der Schamane bemerkte es sofort und eilte ihm entgegen.

„Unbelehrbarer Kerl, ich habe es dir doch gesagt."
Larkyen sank zu Boden, die Welt verschwamm vor seinen Augen, und er hielt sich den Kopf. Ojun bereitete ihm einen heißen Aufguss aus Kräutern in einer Holzschale und gab ihm davon zu trinken. Der Trunk roch ähnlich stechend wie die Kräuter unter seinem Verband, doch kaum hatte Larkyen davon getrunken, spürte er, wie seine Schwäche ihn verließ.

So nahe am Gebirge schlug das Wetter schnell um. In feinen Fäden prasselte der Regen herab und weichte den Boden auf, während sich über das Tal ein blasser Regenbogen spannte. Alles in Majunay, das Land, die Erde, der Himmel und das Rauschen des Windes, erinnerten Larkyen an diesem Tag an die Vernichtung seines Stammes und ließen sein Herz fast zerspringen. Der Schmerz des Verlustes traf ihn stärker als an den Tagen zuvor; vielleicht begriff sein Verstand erst jetzt so richtig, was ihm widerfahren war. Und er sehnte sich nach einer Rechtsprechung, die ihm wahrhaftige Genugtuung bereiten würde, doch die Menschen mit ihren Gesetzen und Gerichten lebten in Städten, und in der Steppe regierte einzig und allein das Gesetz der Natur. Was konnte jemand wie er hier draußen schon ausrichten? Er war unbedeutend im Verlauf der Geschichte Majunays, und so wie ihm war es schon vielen ergangen. Je länger er nachdachte, umso klarer wurde ihm, dass es zwei Wege gab, zwischen denen er sich entscheiden musste.

Der eine war der Weg der Rache, der Stärke und Gnadenlosigkeit forderte und nach dem Herz eines Kriegers verlangte. Der andere Weg jedoch war der Ritt nach Kentar, der Heimat seines Volkes im Westen. Schätzungen zufolge lag Kentar 200 Tage zu Pferd von Majunays westlichster Grenze entfernt. Es waren die enorme Entfernung, sowie die Liebe zu Kara und zu seinen Adoptiveltern, die Larkyen in der Vergangenheit davon abgehalten hatten, dieses Wagnis einzugehen. Jetzt aber gab es nichts mehr, was ihn noch in Majunay hielt. Und nach seiner Genesung, schien der Ritt nach Westen das einzig Vernünftige.

Als er dem Schamanen von seinen Plänen berichtete, wirkte Ojun einen Moment lang enttäuscht.

„Bleib wenigstens so lange, bis deine Wunde einigermaßen verheilt ist", sagte Ojun. „Der Verband muss noch immer täglich gewechselt werden. Ich verstehe gut, dass du fort willst, um woanders einen Neuanfang zu versuchen. Nur wenn du zu früh los reitest, wirst du nicht fähig sein, dich lange im Sattel zu halten."

In der Nacht wälzte Larkyen sich unruhig auf seinen Fellen hin und her. Immer wieder wechselte er zwischen Traum und Wachzustand.

Plötzlich sah er das Gesicht Boldars ganz dicht vor sich. Das eine Auge funkelte ihm stahlblau entgegen. Blut rann von den Mundwinkeln der Bestie, die ihr Maul weit aufriss und einen donnernden Schrei ausstieß.

Daraufhin sah Larkyen, wie sein Weib Kara blutüberströmt neben die Leichen von Godan, Tsarantuya und Alvan zu Boden fiel ...

Seine Finger krampften sich zusammen, und er fühlte,

wie sie sich um den Griff eines Schwertes schlossen. Er war ein anderer Mann als zuvor. Es gab keine Furcht, keine Selbstzweifel. Kraftvoll holte er zum Schlag aus, eine vertraute Bewegung für ihn.

„Ich töte dich", zischte er. „Boldar, du sollst sterben!"

Stahl traf auf Stahl, das Klirren erinnerte an eine Melodie, der er nur zu gern lauschte.

Larkyen schreckte aus dem Schlaf hoch. Sein Atem ging hastig, und sein Herz hämmerte. Tränen rannen über seine Wangen.

Geheiligt ist die Rache, denn sie reinigt Leib und Seele, durchfuhr es ihn.

„Larkyen!"

Ojuns Stimme drang zu ihm herüber. Der Schamane hatte sich auf seinem Schlafplatz aufgerichtet. Seine Gestalt zeichnete sich blass und hager vor dem fast heruntergebrannten Kochfeuer ab. Mit unruhigen Augen sah er Larkyen an.

„Schlechte Träume?"

Larkyen nickte, er wischte sich den Schweiß von der Stirn.

„Vom Verstand her willst du den Weg nach Westen wählen", ahnte Ojun, „Dein Herz aber drängt dich dazu, in Majunay zu bleiben. Und nur wenn du auf dein Herz hörst, wirst du Frieden erlangen."

„Die Götter seien meine Zeugen", flüsterte Larkyen. „Wenn ich stark genug wäre, ich würde diese Bestie töten und alle, die ihr folgen."

Ojuns Augen weiteten sich.

„Vielleicht wirst du das eines Tages", meinte der Schamane, und etwas in seinem faltigen Gesicht verriet Larkyen, das er viel mehr wusste als es den Anschein hatte.

„In der Natur gibt es immer einen, der stärker ist. Es ist ein Gesetz, das für alle gilt."

Die Wiedergeburt

Larkyen hatte die Hände zu Fäusten geballt.

„Aber Boldar ist der Stärkste, alter Mann. Niemand hat ihn bisher besiegt."

Ojun musterte Larkyen eine Zeit lang, dann sagte er: „Morgen werden wir darüber reden. Doch nun schlaf weiter. Ruhe und Frieden sollen dich erfüllen."

Als würde sich eine beruhigende Kraft über ihn legen, verfiel Larkyen fortan in einen ruhigen Schlaf. Abermals träumte er von Kara, die ihm dieses Mal ein gütiges Lächeln schenkte, während ihre Lippen sich zu liebevollen Worten formten. Und er träumte von den Yesugei, wie sie draußen in der Steppe das Vieh hüteten. Alle waren wohlauf und am Leben, alles war gut.

Die Wiedergeburt

Kapitel 3 – Die schwarze Sonne

Mit dem Licht des neuen Tages fühlte sich Larkyen von neuer Kraft erfüllt. Er trat aus der Jurte, es war kühler geworden. Eine weißgraue Wolkendecke verschleierte die meisten Strahlen der Sonne und verschmolz mit den Spitzen der Berge.

Von der Feuerstelle stieg Rauch auf. Die von Ojun errichteten Holzscheite brannten lichterloh. Über den Flammen hing bereits der Kessel, in dem abermals Schafsfleisch vor sich hin garte.

„Ojun?" rief Larkyen. Als der Schamane ihm nicht antwortete, beschloss er, sich ein wenig umzusehen.

Er gelangte zu dem Bach, den er zuvor nur hatte hören können. Nun übertönte Vogelgezwitscher das Plätschern des Wassers. Die Bäume waren hier besonders hoch und vermutlich mehrere Jahrhunderte alt, ihre knorrigen Stämme warfen breite Schatten. Manche ihrer Wurzeln hatten sich wie ein Geflecht über den moosigen Boden gelegt. In zahlreichen Windungen floss der Bach zwischen ihnen hindurch. Während Larkyen von dem eiskalten Wasser trank, schüttelte er den letzten Rest Schlaf ab. Dieser Ort war ganz anders als die Steppe, war aber vielleicht auch ein guter Platz zum Leben. Die Gegend bot Ojun alles, was er brauchte.

Er drehte sich zu dem Schamanen um. Der alte Mann schien schon lange wach zu sein, falls er überhaupt geschlafen hatte. Er stand bei den Tieren, und Larkyen bemerkte, wie er liebevoll mit den Schafen und Ziegen sprach. Hielt Larkyen es anfangs für die wunderliche Geste eines vereinsamten alten Mannes, stellte er schnell fest, dass die Tiere ihn anscheinend verstanden. Denn als er ihnen zurief, sie mögen sich zum Grasen an einen der Hänge begeben, folgten sie.

„Ein neuer Tag hat begonnen", sagte Ojun, „und ich

fühle, dass es ein guter Tag sein wird."

„Möge es so sein. Immerhin habe ich besser geschlafen, außerdem fühle ich mich erholter als zuvor. Vielleicht ist es Zauberei, ich weiß es nicht, aber zuweilen schafst du es, sogar meine Sorgen von mir zu nehmen."

„Keine Zauberei, nur Schamanenkunst."

„Ich schulde dir mittlerweile so unendlich viel."

„Du schuldest mir rein gar nichts", entgegnete Ojun. „Dass ich dir helfen kann, ist eine Ehre für mich."

Larkyen hätte beinahe laut gelacht.

„Eine Ehre?"

„Du sagst es", antwortete der Schamane, und sein Blick wurde ernst.

„Das musst du mir erklären."

„Setz dich ans Feuer und warte dort auf mich. Du kannst inzwischen ein wenig von dem Fleisch genießen, es dürfte jetzt gar sein."

Dann wandte sich Ojun wieder seinen Tieren zu.

Larkyen schüttelte den Kopf über das Verhalten des Schamanen. Schließlich ging er zurück ans Feuer. Nachdem er gespeist hatte, trat der Alte endlich zu ihm. Mit seinen schmalen Augen musterte er ihn eine Weile, sein Blick fiel auf das Mal auf Larkyens linkem Handrücken.

„Ich werde dir nun etwas offenbaren, das dein Leben verändern wird. Hast du dich je gefragt, was dieses Zeichen an deiner linken Hand zu bedeuten hat?"

„Es ist von ungewöhnlicher Form, erinnert an eine Sonne mit gewundenen Strahlen, doch ich ahnte nie, dass es eine Bedeutung hat. Meine Adoptiveltern sagten, ich hätte es bereits gehabt, als mich die Yesugei fanden."

„Für die Eingeweihten ist es unverkennbar."

„Dann hat es also eine Bedeutung."

Der Schamane nickte langsam.

„Was weißt du darüber?" fragte Larkyen aufgeregt.

„Es ist das legendäre Mal der schwarzen Sonne", erklärte Ojun. „In der Geschichte der Welt geschah es drei Mal, dass sich die Sonne verfinsterte und in schwarzen Flammen brannte, deren violetter Schein die Menschen in ihren Bann zog.

Die erste schwarze Sonne erschien, bevor der Mensch den Stahl entdeckte und den Umgang mit ihm erlernte. Die zweite schwarze Sonne erschien, als der Mensch den Stahl bereits erforscht hatte und ihn einzusetzen wusste.

Und als sich die dritte schwarze Sonne zeigte, tobte im Westen gerade ein langer, verheerender Krieg, und du wurdest geboren. Zwanzig Winter ist es nun her. Jedes Kind, ob in Ost oder West, im Norden oder im Süden, das währenddessen auf die Welt kam, wurde mit diesem Mal am Körper versehen. Es weist dich als einen Abkömmling der schwarzen Sonne aus."

Larkyens Herz schlug schneller, in seinen Zügen zeigte sich Verwirrung.

„Es gibt nur sehr wenige von euresgleichen", sagte Ojun, „und ihr seid über die ganze Welt verstreut. Selbst die weisesten Menschen aller Herren Länder wissen nicht viel über die Kinder der schwarzen Sonne zu berichten, ich aber weiß, dass nach ihrem ersten Tod die Wiedergeburt erfolgt. Von da an durchlaufen sie eine Zeit des Wandels, in der sie große Macht erlangen. Ihre Leiber haben die Fähigkeit zur Selbstheilung; sie werden so gut wie unverwundbar und hören auf zu altern. Sie sind die stärksten unter allen Lebewesen. Aus manchen wurden Könige, einige wurden von Menschen verehrt, andere hingegen sollen es vorgezogen haben, in der Verborgenheit zu leben. Doch jeder von ihnen war zu etwas Großem bestimmt. Nur weniges auf dieser Welt kann ihnen etwas anhaben und einen zweiten Tod bescheren, doch der zweite Tod ist endgültig."

Larkyen sah den Schamanen ungläubig an, seine Gedanken überschlugen sich.

Die Wiedergeburt

Er, das Adoptivkind eines Nomadenstammes, das weder kämpfen konnte noch den Mut aufbrachte, Menschen, die ihm nahe standen, in Zeiten der Not zu helfen, sollte für etwas Großes bestimmt sein? Immer hatte er vermutet, dass jene, die ein großes Schicksal vor sich hatten, auch außergewöhnliche Taten in der Vergangenheit geleistet haben mussten. Er aber hatte nur ein gewöhnliches Nomadendasein geführt. In diesem Moment schloss Larkyen nicht aus, dass seine Adoptiveltern und der Stamm der Yesugei die Bedeutung des Mals vielleicht ebenso gekannt hatten. Hatten sie etwa derlei Geheimnisse vor ihm gehabt?

Plötzlich zuckte er zusammen, begriff endlich das ganze Ausmaß der Geschehnisse und sprach die schreckliche Wahrheit laut aus: „Ich bin gestorben. Die Pfeile der Kedanier haben mich getötet."

Ojun nickte langsam. „Kedanisches Pfeilgift ist hochkonzentriert. Sie gewinnen es aus den Eingeweiden einer bei ihnen vorkommenden Fischart. Ist es einmal im Blut, breitet es sich rasch im gesamten Körper aus und beschert seinem Opfer den sicheren Tod. Schwer verletzt trug dich dein Pferd zu mir. und als ich dich in die Jurte brachte und deine Wunde säuberte, hörtest du auf zu atmen, und dein Herz schlug nicht mehr. Dein Leib erkaltete, und du starbst das erste Mal. Doch am nächsten Morgen kehrte das Leben in dich zurück – das war der Moment deiner Wiedergeburt."

Larkyens Augen weiteten sich, und er war darum bemüht, jetzt nicht den Verstand zu verlieren.

„Du kannst mir glauben", sagte Ojun. „Du bist wahrhaftig ein Kind der schwarzen Sonne. Dir ist ein Schicksal bestimmt, das größer ist als das eines gewöhnlichen Mannes. Schon in den nächsten Tagen wirst du deine eigene Macht erfahren."

„Warum erzählst du mir erst jetzt von alledem, alter

Mann?"

„Weil ich denke, dass die Zeit dafür erst jetzt gekommen ist. Seit deiner Ankunft und Genesung warst du dir im Unklaren über deine Zukunft. Ein guter Reiter wird den Ritt nach Kentar überstehen, aber nur ein Mann, der für Großes bestimmt ist, kann es mit Boldar aufnehmen. Und dein Herz schreit nach dieser Begegnung. Du wirst dich verändern, Larkyen. Du wirst auch eine neue Art von Hunger erfahren, die du vorher nicht kanntest, und früher oder später wirst du diesem Hunger nachgeben. Du musst dich ernähren, um Kräfte zu entwickeln, die die eines gewöhnlichen Menschen um ein Vielfaches übertreffen."

„Was redest du da, Ojun? Was hat es mit dem Hunger auf sich?"

„Manche nennen ihn einen Fluch, andere sehen ihn als natürliches Bedürfnis an. Es liegt ganz im Sinne des Betrachters. Du wirst dich von der Energie nähren müssen, die die Leiber von Menschen, Tieren und sogar anderen Kindern der schwarzen Sonne durchströmt und sie lebendig sein lässt."

„Die Energie des Lebens? Meinst du das damit?"

„Ja, sie wird die deinige sein."

„Aber wie...wie soll so etwas möglich sein? Wie kann ich mich vom Leben anderer nähren?"

„Wenn du soweit bist, wirst du auch das erfahren", antwortete Ojun. „Dein Leib wird es dich wissen lassen." Der ernste Ausdruck in den Augen des Schamanen verriet Larkyen, dass es sich um Ojuns endgültige Antwort auf diese Frage handelte.

„Die Lebensenergie wird mich also stärken", flüsterte Larkyen. Er fühlte, wie seine Knie weich wurden und glaubte sich in einen neuen Albtraum versetzt. Er ahnte bereits, dass die Gier nach jener Lebensenergie, die irgendwann in ihm aufkeimen würde, seinen Opfern den

Tod brachte.   Er würde kein Mensch mehr sein.

„Wenn ich töten muss, um zu überleben, dann bin ich nicht anders als Boldar", keuchte er. „Was unterscheidet uns dann noch voneinander?"

„Alles was lebt, muss sich ernähren", sagte der Schamane.

„Und wenn ich die Lebensenergie verschmähe? Was geschieht, wenn ich mich diesem Hunger verweigere?"

„Dann wirst du zu schwach sein, um deine Ziele zu verwirklichen. Das kann nicht in deinem Sinne sein. Anerkenne, wer und was du bist, Kind der schwarzen Sonne! Dann wirst du alles bekommen, was du dir wünschst."

Abermals strich Larkyen mit dem Finger über die gewundene schwarze Sonne auf seiner Haut.

„Wer immer mir dieses Mal verlieh, wusste also, wer ich bin. Doch aus welchem Grund wurde es mir verliehen?"

„Wegen jener von deiner Art, die vor dir auf diese Welt kamen. Macht zu besitzen, heißt auch verantwortungsvoll damit umzugehen. Es waren die Kinder der zweiten schwarzen Sonne, die der Gier nach immer mehr Macht und Einfluss in der Welt verfielen. Bis sie in jedem anderen ihrer Art sofort einen Rivalen witterten. Ihre Kräfte waren übermenschlich, doch ihr Denken und Fühlen war noch immer das eines Menschen. Und es liegt in der menschlichen Natur, zu streben und zu kämpfen, zu erobern und zu besitzen. Sie verliehen dem Stahl besondere Eigenschaften und schmiedeten magische Waffen, um Krieg gegeneinander zu führen. Sie labten sich so lange und in solch einem Ausmaß an der Lebenskraft der Menschen, bis ganze Ländereien entvölkert wurden, denn jeder von ihnen wollte im Krieg stärker sein als der andere. Ihr Wille, einander auszulöschen, und ihre Kampfeswut verwüsteten die Welt und brannten sich ins Gedächtnis früherer Generationen ein.

Als ihr Krieg schließlich zu Ende war, fand inmitten der Ruinen dieser Welt ein Ereignis statt, wie es seitdem nie wieder stattgefunden hat. Die höchsten Vertreter aller Völker trafen sich in Frieden und beratschlagten sich über die Zukunft. Wann immer die Sonne wieder schwarz werden würde, so beschlossen sie, mussten die in ihrem finsteren Schein geborenen Kinder gekennzeichnet werden. Ihr Mal sollte allen Menschen, die ihnen begegneten, als Warnung dienen und an den Schrecken erinnern, den die Kinder der zweiten schwarzen Sonne über die Welt gebracht hatten.

Dieses Wissen und die Beschlüsse, die bei der Beratung der Völker getroffen wurden, gaben sie an ihre Nachkommen weiter, die sie wiederum ihren eigenen Nachkommen überlieferten. Doch die Zeit ließ vieles in Vergessenheit geraten, bis von der Vergangenheit nur ein Mythos geblieben war. Einige wenige aber glaubten an diesen Mythos, und als die Sonne sich eines Tages erneut verdunkelte, sahen sie die Vergangenheit bestätigt und handelten, wie es einst beschlossen worden war."

„Dann ist mein Mal also eine Warnung für die Menschen?" fragte Larkyen.

„Das schwarze Mal ist eine Warnung nicht vor dem, was du bist, sondern vor dem, was aus dir werden könnte", bestätigte der Schamane. „Behalte alles, was du nun über dich und deinesgleichen weißt, für dich selbst. Dieses Wissen ist nicht für jeden bestimmt. Halte deine Identität geheim, denn nur so wirst du dich in Frieden durch die Welt bewegen können.

Großes steht dir bevor, Larkyen. Nach deiner Wiedergeburt befragte ich die Knochen und las aus ihnen, dass du die Geschichte der Welt verändern wirst. Alles wird sich so erfüllen, wie es sich immer erfüllt hat."

Larkyen wollte es nicht in den Kopf, dass er für etwas

Großes bestimmt sein sollte. Konnte es sein, dass der Schamane sich irrte? Die Zukunft würde Klarheit bringen.

„Sohn der schwarzen Sonne", flüsterte er, an sich selbst gewandt.

Er wollte alleine sein. Larkyens Leib war bereits zu neuem Leben erwacht, jetzt aber schien auch sein Geist in dieses neue Leben einzutauchen. Er ging an den Waldrand und setzte sich am Stamm eines Baumes nieder. Dort verbrachte er in tiefe Nachdenklichkeit versunken, den Rest des Tages, und trotz der Kälte auch die Nacht.

Als Larkyen bei nächster Gelegenheit Ojun beim Hüten der Ziegen und Schafe half, das Feuer schürte und das Essen zubereitete, schwieg er hartnäckig.

Doch auch der Schamane verhielt sich still. Mit gekreuzten Beinen saß er am Feuer, hielt die Augen geschlossen. Seine Handflächen waren nach oben gerichtet, und die Daumen berührten sich. In dieser meditativen Haltung wirkte Ojun wie zu Stein erstarrt. Und der Wind, so schien es, brachte sanfte Stimmen mit sich, deren Botschaften allein für ihn bestimmt waren.

Als Larkyen später aus lauter Neugier wagte, ihn auf dieses Mysterium anzusprechen, gab der Schamane rasch Antwort: „In den Winden manifestieren sich die Stimmen der Götter; sie sprachen zu mir und wiesen mir die Aufgabe zu, mich auch weiterhin um dich zu kümmern. Außerdem soll ich verkünden, dass eine schwere Entscheidung vor dir liegt. Der Weg der Rache ist etwas Natürliches. Es ist nur gerecht, dass du jenen nach dem Leben trachtest, die dir deine Lieben wegnahmen. Und es ist nur natürlich, dass dein Hass dich zur Vergeltung an diesen Schuldigen treibt. Vergiss aber niemals, dass dieser Hass zusammen mit denen sterben muss, die ihn geweckt haben. Mit dir wird der Beginn einer neuen Ära eingeläutet werden, und wenn du diese Ära mit Hass einläutest, so wird sie auch von Hass geprägt sein. Lass nicht zu, dass die Vergangenheit sich wiederholt."

„Wann wird es soweit sein? Mein Wandel, die Entscheidung, die Ära – wann, Ojun?"

„Deine Veränderung schreitet langsam voran", antwortete der Schamane. „Deshalb spürst du auch noch die Folgen deiner schweren Verwundung durch den giftigen Pfeil. Du musst dich in Geduld üben, Larkyen. Es kann viele Tage dauern. Vergiss nicht, du legst dein Menschsein ab. Doch ich kann dir versichern, dass du schon jetzt den Tod nicht mehr fürchten musst."

Ojun erhob sich, zückte ein Messer und stieß es Larkyen mitten in die Brust.

Larkyen keuchte, als der brennende Schmerz seinen Brustkorb ausfüllte und die Klinge sein Herz durchbohrte. Ungläubig sah er dem Schamanen in die Augen.

Mit einem Ruck zog Ojun das Messer wieder aus Larkyens Brust heraus. Blut floss in einem feinen, sofort versiegenden Strom aus der Wunde.

Larkyen tastete die Wunde ab. Schockiert stieß er den Schamanen von sich.

„Du bist wahnsinnig, alter Mann!" rief er.

„Bitte verzeih", sagte Ojun beschwichtigend. „Es ist wichtig, dass du weißt, wer du bist, und auch daran glaubst. Jeder andere wäre auf der Stelle gestorben, du aber lebst."

„Ich sollte dich dafür prügeln", zischte Larkyen im Zorn.

„Tu das, wenn du willst", sagte der Schamane, „aber sei dir gewiss, meine Hand kann dir keinerlei Schaden zufügen. Begreife es doch endlich. Keine Verwundung, keine Enthauptung, noch Verstümmelung durch gewöhnliche Waffen, vermögen dich zu töten. In dir brennt das schwarze Lebensfeuer!"

Larkyen wandte sich ab. Abermals begab er sich an den Waldrand und ließ sich dort nieder. Er tastete über die Einstichstelle auf seiner Brust, die noch schmerzte, sich aber bereits wieder geschlossen und eine dünne Narbe auf seiner Haut hinterlassen hatte.

Erst bei Sonnenuntergang hatte Larkyens Verärgerung sich gelegt. Doch konnte er nicht leugnen, dass dieser einzige Messerstoß seinen Glauben an sich selbst bestärkt hatte. Nun wusste er, wer er wirklich war. Und empfand dem Schamanen gegenüber sogar Dankbarkeit.

Die Gewissheit, unsterblich zu sein, war wunderbar und lastete dennoch wie ein Fels auf seinen Schultern. Denn angesichts des ständigen Gedenkens an all jene, deren Tod er miterlebt hatte, war es schwer, einen tieferen Sinn darin zu sehen, dass ausgerechnet er es war, der aus all jenen Gräueln und der Gewalt lebendig hervorging.

In der kommenden Nacht saßen Larkyen und Ojun noch lange am Feuer. Larkyen erzählte von seinem Leben als Nomade und erfuhr, dass Ojun einst ebenfalls einem Nomadenstamm angehört hatte. Er war ein Schamane der Yltan gewesen, bevor er beschlossen hatte, den vier Winden zu folgen, die ihn fort von der Steppe und zuletzt an jenen einsamen Ort beim Altoryagebirge geführt hatten.

„Etliche Winter lebe ich nun schon hier", sagte Ojun. „Fernab meines Stammes, fernab der Menschen, und nun weiß ich, warum mich die Winde einst an diesen Ort führten. Damit ich dir begegnen konnte."

Der Schamane sprach von der Wichtigkeit des Glaubens an die Götter und erwähnte auch den Namen des Gottes, dem die meisten Kedanier huldigten: Nordar, dem Gott des Krieges, dessen Name in allen Teilen der Welt mit Ehrfurcht ausgesprochen wurde und der sein Heim im hohen Norden hatte, inmitten des ewigen Eises. Es hieß, Boldar die Bestie habe Nordar auf einem Berg persönlich gegenübergestanden, und dort sei ihm ein Schwert überreicht worden, dessen magische Klinge vom Kriegsgott selbst geschmiedet worden war. Weder Rüstung noch Schild, noch ein Kind der schwarzen Sonne konnte jener magischen Waffe Widerstand leisten.

Larkyen erinnerte sich an das Schwert in Boldars Hand, dessen Klinge in eisblauem Licht erstrahlte, als er es gen Himmel reckte.

Die gewaltige Macht des einäugigen Kriegers aus Kedanien wurde ihm nun in vollem Ausmaß bewusst. Boldar musste nichts und niemand fürchten, und selbst ein Kind der schwarzen Sonne musste vor dieser Bestie auf der Hut sein.

Ojun erwähnte auch den Namen des Gottes von Kentar, der Tarynaar genannt wurde. Tarynaar vereinigte in sich das Wissen eines Magiers und die Fertigkeiten eines Kriegers. Er trat in Gestalt eines großen Mannes mit wallendem weißem Haar auf, der eine schimmernde Rüstung und darüber einen weiten schwarzen Umhang trug, in dessen Schatten die Sterne des Himmels funkelten. In seiner rechten Hand trug er ein silbernes Schwert mit breiter kurzer Klinge, die in lodernden Flammen brannte, während seine linke ein Zepter aus Ebenholz hielt, dessen Spitze in Form eines filigran geschnitzten Wolfskopfes endete.

Larkyen hatte den Namen des Gottes seines Volkes nur wenige Male gehört, denn die Nomaden der Steppe richteten ihre Gebete zumeist an Patryous, die Schutzgöttin aller Reisenden unter dem Himmel. Larkyen selbst hatte in seinem Leben nur ein paar Mal zu Tarynaar gebetet und sich innig gewünscht, ein einziges Mal seine leiblichen Eltern sehen zu dürfen. Tarynaar aber schien sein Gebet nicht erhört zu haben.

Nun sprach Larkyen all seine Zweifel zum ersten Mal aus und sagte: „Was sind all die Götter wert, wenn sie nicht für ihre Anhänger da sind, die ihre Hilfe brauchen?"

Der Schamane erschrak, und in seinen Augen blitzte ein Funke von Verwunderung auf.

„Die Götter sind da, um uns Menschen zu helfen. Sie können in den Verlauf der Welt eingreifen, oder uns bei wichtigen Entscheidungen Rat geben, und wenn du gut acht gibst, kannst du ihre Stimmen hören. Sie können uns auch im Moment des Todes Beistand leisten und uns mit sich nehmen."

„Wo aber waren die Götter, wo war Tarynaar, als in Kentar Krieg herrschte? Wo war Patryous, als der Flüchtlingskonvoi meiner Eltern überfallen und die Yesugei ermordet wurden? Wo waren all die anderen Götter, die unsere Welt durchwandeln? Viele aus meinem Stamm beteten im Angesicht des Todes zu Patryous, flehten die Göttin um Hilfe an; nichts und niemand aber hielt die Kedanier von ihren Mordtaten ab. Männer, Frauen und Kinder starben an den Ufern des Kharasees durch nordischen Stahl. Glaubst du, der Gedanke, der Gott oder die Göttin, zu denen sie beteten, hätten sie zu sich geholt, spendet wirklich Trost? Ojun, du hast sie nicht sterben sehen, du sahst nicht ihre Köpfe rollen und musstest auch nicht den Schreien von Eltern lauschen, wenn ihre Kinder starben. Ich frage dich ernsthaft, Schamane: Wo sind die Götter geblieben, zu denen wir Zeit unseres Lebens beteten? Was taugen sie, wenn sie nicht da sind, sobald ihre Hilfe benötigt wird? Könnte es sein, dass es sie niemals gegeben hat? Dass wir alle bloß Tiere in einer Wildnis sind und ums Überleben kämpfen, wie die Wölfe draußen in der Steppe?"

Der Ausdruck im Gesicht des Schamanen war nun von Entsetzen und Trauer erfüllt. Mit leiser Stimme sagte er zu Larkyen: „Bei allem, was dir widerfahren ist, ist es dennoch nicht klug, sich als Mensch von den Göttern abzuwenden. Sie entscheiden über uns; dass muss uns nicht immer gefallen, doch wir sollten es akzeptieren und uns ihrem Willen beugen."

Larkyen ging davon aus, dass der Schamane sich nicht auf die Kinder der schwarzen Sonne bezog, als er von Menschen sprach. Und in Larkyen regte sich der Gedanke, dass ohnehin nur Menschen, die sich selbst nicht zu helfen wussten, es noch nötig hatten, an Götter zu glauben.

Doch ob er nun noch ein Mensch war oder nicht, er hatte seine Entscheidung getroffen. Lange und forschend blickte er in das Gesicht des Schamanen, ehe er sagte: „Für mich, alter Mann, soll es keine Götter mehr geben. Möge dein Glaube an sie dir weiterhin zum Guten dienen, ich aber will fortan nur noch an mich selbst glauben, denn ich habe erkannt, dass ich allein auf dieser Welt bin."

„Das bist du ganz und gar nicht, mein Junge", seufzte Ojun. „Aus dir spricht der blanke Hass, und dein Herz giert nach Rache. Sei dir gewiss, jeder Mann würde so empfinden wie du, doch ist es wichtig, sich nicht vom Hass leiten zu lassen. Denn hat der Hass erst von dir Besitz ergriffen, frisst er dich von innen heraus auf, bis alles Gute in dir verschwunden ist. Dann wirst du nur noch fähig sein, Hass zu empfinden, selbst gegenüber denen, die dir Gutes wollen oder dir nahe stehen. Und dann, Larkyen ... erst dann wirst du ganz allein sein. Du musst entscheiden, was für dich wichtig ist. Willst du in den Westen reiten, um alles, was einst geschehen ist, hinter dir zu lassen, oder willst du den Stamm der Yesugei rächen? Wir beide kennen die Antwort auf diese Frage bereits."

Larkyen konnte den Ruf nach Rache in seinem Herzen nicht verleugnen. Ja, er wollte Rache, und der Gedanke daran verdrängte mittlerweile selbst die Vorstellung, wie es wohl wäre, nach Westen, in seine Heimat Kentar an der Küste des Grauen Meeres zu reiten. Nach langem Überlegen sprach er: „Als Sohn der schwarzen Sonne ist es mein Wille, dass ein jeder meiner Wünsche in Erfüllung gehen möge."

Nach diesen Worten stand er auf und legte sich in der Jurte zur Ruhe.

Am darauf folgenden Tag verkündete Ojun, dass Sonne und Mond sich nun den Himmel teilen würden. Der Schamane schien jene Tag- und Nachtgleiche bereits herbeigesehnt zu haben.

Larkyen wusste nicht viel über das Leben eines Schamanen. Der Schamane der Yesugei war im Stammesleben zwar allgegenwärtig gewesen, doch hatte er zu den meisten seiner Riten und Mysterien niemals Erklärungen abgegeben. Umso mehr überraschte es Larkyen, als Ojun ihn einlud, gegen Abend an einem Ritus teilzunehmen.

Larkyens Neugierde war groß, und je mehr die Sonne sich neigte, umso nervöser wurde er. Als ihre Strahlen nur noch fahl über die Bergspitzen strahlten, hatte sich der Schamane in ein bräunliches, mit Adlerfedern verziertes Ledergewand gehüllt. Er ging zum Feuer und winkte Larkyen zu sich heran.

„Heute Nacht rufen wir die Geister der Toten."

„Der Toten?" Argwohn beherrschte den Klang von Larkyens Stimme.

„Sei ohne Furcht, Larkyen", sagte der Schamane. „Die Toten sind uns freundlich gesinnt. Es sind all jene, die du einst kanntest."

„Die Yesugei?"

„Ja", sagte Ojun. „Dein Stamm, ebenso wie deine leiblichen Eltern. Konzentriere dich auf die Flammen."

So unglaublich es auch schien, wagte Larkyen es doch wiederum nicht, die Worte des Schamanen in Frage zu stellen.

Die Wiedergeburt

Ojun hob seine Arme gen Himmel und stimmte einen Gesang in einer für Larkyen unverständlichen Sprache an. Die Worte klangen altehrwürdig und bescherten Larkyen eine Gänsehaut. Der Schamane fuhr nun mit beiden Händen durch das Feuer, grell loderte es auf und spie Rauch in die Luft. Ojuns Gesang wurde lauter. Er verfiel in einen rhythmischen Tanz, rotierte und wirbelte durch den Rauch. Larkyen traute seinen Augen nicht, als er plötzlich inmitten der Schwaden die Silhouetten von Gestalten erkannte. Sie schienen Ojun zu umgarnen, tänzelten um ihn herum oder erhoben sich schwerelos in die Luft. Noch nie zuvor hatte Larkyen so etwas gesehen. Endlich begriff er, dass sich hier etwas abspielte, das nur ein Schamane erfassen konnte, dem als einzigem der Umgang mit Geistern gestattet war.

„Du bist nicht allein, Larkyen! Die Toten halten zu dir!"

Die Geister näherten sich nun auch Larkyen. Wispernde und zischende Stimmen drangen an sein Ohr, zu leise, um von ihm verstanden zu werden. Er versuchte die Geister als die zu erkennen, die sie einst gewesen waren, doch in ihrer Schemenhaftigkeit war nichts, das sie voneinander unterschied. Er spürte, wie sie seine Schultern, sein Gesicht und seine Haare berührten. Unruhig sah er sich um. Dann verspürte er einen lang anhaltenden Kuss auf seinen Lippen.

„Kara", flüsterte er. „Du bist es."

Das Wispern wurde immer lauter, und plötzlich begann der Schamane zu sprechen: „Räche, sagen die Toten. Überlebe!"

„Ojun, lass mich mein Weib Kara und meine Eltern sehen!"

„Im Tode sind sie alle gleich, einer gleicht dem anderen. Nimm, was immer sich dir bietet – so lautet ihr Rat an dich. Ergreife die Gelegenheit. So viel Großes erwartet dich, wenn du groß sein willst. Durch den Willen zur Macht wirst du Macht erlangen und durch den Willen zu ringen, wirst du deine Ziele erreichen. Dann wird eines Tages ein Königreich auf dich warten."

Larkyens Gedanken überschlugen sich. Die Berührungen der Geister nahmen überhand, und beinahe glaubte er, von ihnen emporgehoben zu werden.

Für einen Moment sah er das Land Kentar im Westen. Er sah die steinernen Ufer des grauen Meeres, dessen trübe Oberfläche den Schein der Sonne reflektierte, und die dichten Wälder, die sich über die Hänge erstreckten. Eine von Moos und Gräsern fast vollständig überwachsene Straße führte zu einem kuppelförmigen Steinpalast, der einst auf einem Hügel inmitten der Wälder errichtet worden war. Pfeilförmige Zinnen säumten die Kuppel, und wo die schwarzen Banner mit dem weißen Wolfskopf der Kentaren hätten im Wind flattern müssen, ragten nur leere Stäbe empor. Die mächtigen Tore des bogenförmigen Eingangs waren offen und unbewacht. Stille und Leere herrschte auf den langen Fluren, die zu einem verwaisten Thronsaal führten ...

Die Wiedergeburt

Kapitel 4 – Der Ruf des Kriegers

Bereits die Teilnahme an dem Ritual war überaus kräfte-
zehrend, so als hätten die Toten einen bestimmten Tribut
eingefordert. Bewusstlos erwachten Larkyen und Ojun in
der Nähe der Feuerstelle.

Der Schamane sah wie um Jahre gealtert aus, mühsam
und unter Ächzen versuchte er aufzustehen. Larkyen half
ihm dabei.

„Begrüße den Morgen, begrüße die aufgehende Sonne", rief Ojun. Er lächelte, als die Strahlen sein Gesicht
benetzten. „Nur wenigen ist es gestattet, an solchen Ritu-
alen teilzunehmen. Die letzte Nacht war sehr wichtig für
dich. Manchmal, wenn wir in unserem Inneren zerrissen
sind, kann der Rat eines geliebten Menschen mehr wert
sein als alles Gold der Welt. Nun weißt du, dass du nicht
allein bist, und du hast den Rat all jener vernommen, die
dir von Bedeutung sind."

„Ich konnte sie spüren", murmelte Larkyen. „Kara
und all die anderen." Er lächelte ebenfalls. „Und ich habe
Kentar gesehen."

„Du sahst das Land aus dem du stammst, weil deine
leiblichen Eltern es so wollten. Denn nicht nur der Weg
der Rache soll der deinige sein, sondern auch der Weg
gen Westen."

„Was ist mit Kentar geschehen? Der Palast war völlig
leer, glich einer Ruine. Sämtliche Gegenden waren un-
bewohnt."

„Wie du weißt, wurde Kentar im Krieg besiegt und
das Volk der Kentaren beinahe ausgelöscht. Es ist heute
nicht mehr als eine Wildnis. Doch solange es noch irgendwo auf der Welt einige von ihnen gibt, ganz gleich
ob als einsame Wanderer oder in fernen Ländern angesie-
delte Bauern, ist Kentar zumindest nicht gestorben. Tarynaar, der Gott der Kentaren, hat den Westen nach der

Niederlage verlassen. Doch die schwarzen Wolfsbanner werden eines Tages wieder am Himmel zu sehen sein – wenn du, Larkyen, deine Macht zugunsten deines Volkes einsetzt."

„Mein Volk?", flüsterte Larkyen nachdenklich. „Du sprichst, als sei ich ein König ... Ich bin nur ein Nomade."

„Du wirst deine eigene Stärke noch erfahren", sagte Ojun. „Und was dir jetzt zu groß vorkommt, wird dir als angemessen erscheinen, wenn du erst durch deine Taten gewachsen bist. Beschreite den Weg der Rache und gehe ihn zu Ende, erst dann mache dich auf den Weg nach Westen. Die Zukunft wird dir alle Fragen beantworten."

Gegen Mittag sah Larkyen einen Reiter auf einem schwarzen Steppenpferd, der mit einem Packpferd im Schlepptau langsam auf die Jurte zuritt.

Der Reiter saß aufrecht im Sattel, mit einer Hand hielt er die Zügel, die andere steckte in einem bis zum Ellbogen reichenden, dicken Lederhandschuh, auf dem ein Steinadler saß, dessen Kopf mit einer Lederhaube verdeckt war. Der Greifvogel schien fast ausgewachsen und war so schwer, dass der Reiter seinen Arm durch eine am Sattel befestigte Holzgabel stützen musste.

Als Ojun den Reiter sah, überflog ein Ausdruck der Überraschung sein Gesicht, gefolgt von einem Grinsen.

„Khorgo!" rief er. „Bist du das wirklich? Patryous sei Dank, die Göttin der Reisenden ist dir noch immer hold."

„Ich grüße dich, alter Freund!" rief der Reiter zurück.

Er war von kräftiger Statur, trug dunkelblaue Trachten und eine breite, mit Fuchsfell gefütterte Mütze. Ein grauschwarzer Schnauzbart, dessen Spitzen bis zum Kinn reichten, verlieh seinem Gesicht ein markantes Aussehen. An seiner Hüfte baumelte in einer abgenutzten Lederscheide ein langer Säbel. Die kurze Parierstange formte sich in der Mitte zu einem farbigen Wappen – dem gewundenen Leib eines schwarzen Drachen auf rotem Grund – wie es die Soldaten Majunays auf ihren Bannern trugen.

Der Mann musste einmal Soldat gewesen sein, denn jeder, der in der Armee von Majunay gedient hatte, besaß das Recht, seinen Säbel auch nach Ende der Dienstzeit bei sich zu tragen. Aus dem Schaft eines seiner Stiefel ragte der Knauf eines Dolches hervor. Beim Näherkommen musterte er Larkyen mit strengem Blick.

„Wer bist du?" fragte ihn der Krieger.

„Ich bin Larkyen vom Stamm der Yesugei."

Khorgo schüttelte den Kopf.

„Der bist du nicht", sagte er forsch. „Du siehst nicht aus wie ein Yesugei, Westler. Außerdem wurden die Yesugei von Boldar der Bestie ausgelöscht. Diese Tatsache hat sich unter den anderen Stämmen längst herumgesprochen. Also bist du ein Lügner!"

„Was fällt dir ein, mich einen Lügner zu nennen", fuhr ihn Larkyen an. „Ich bin wahrlich der letzte der Yesugei."

„Du gibst dich als Angehöriger eines dahingeschlachteten Stammes aus? Hast du keinen Respekt vor den Toten?"

„Diese Toten nannte ich Familie und Freunde!" rief Larkyen erbost und ballte die Hände zu Fäusten. „Also gib acht, was du sagst, vorlauter Kerl."

Der Krieger stieg vom Pferd, so schnell das Gewicht des Adlers auf seinem Arm es zuließ. Drohend funkelte er Larkyen an.

„Khorgo, der Junge spricht die Wahrheit", sagte Ojun und legte Larkyen beschwichtigend eine Hand auf die Schulter.

In Khorgos Gesichtsausdruck mischte sich Verwunderung.

„Aber er kommt aus dem Westen, wie kann er dann

ein Yesugei sein?"

„Beruhige dich, alter Freund", sagte der Schamane. „Ich erkläre dir alles beizeiten."

Er sah kurz zu Larkyen und trug ihm höflich auf, sich um die Pferde des Kriegers zu kümmern und dessen Gepäck zur Jurte zu bringen. Larkyen folgte, auch wenn seine Verärgerung darüber, ein Lügner genannt worden zu sein, sich nur langsam legte. Aus dem Gepäckbündel des Kriegers ragte der Knauf eines weiteren Schwertes, wesentlich breiter als sein Säbel und mit gerader Klinge, außerdem ein langer Bogen mit kunstvoll gewundenen Enden, sowie ein Köcher mit zwei Dutzend Pfeilen.

Jetzt erst erinnerte sich Khorgo an den Brauch des Ostens und verbeugte sich tief vor dem Schamanen. Auch Ojun verbeugte sich. Dann gingen sie zusammen zur Jurte, wo der Krieger seinen Adler auf einem Pfahl absetzte. Der Vogel krallte seine Klauen in das Holz und verharrte in völliger Regungslosigkeit.

Larkyen sah Khorgo nach. Trotz seines Mangels an Manieren hatte dieser Gast ihn beeindruckt.

Nur einmal in seinem Leben hatte er die Soldaten des Landes Majunay persönlich erblickt. Der Moment lag etwa zwölf Jahre zurück, und Larkyen war noch ein Kind gewesen. Doch die Begegnung mit Khorgo ließ diese Erinnerung wieder lebendig werden:

Der schwarze Drache flattert auf roten Bannern im Wind, windet und streckt sich bei jedem Luftzug, als sei er lebendig. Das Donnern vieler Hufe lässt den Boden erbeben, während die Soldaten auf ihren Pferden am Lager der Yesugei beim Fluss Nefalion vorbei reiten. Ihre Gesichter verdecken eiserne Masken, deren filigrane Konturen grimmige Züge bergen.

Was mochten ihre Feinde wohl verspürt haben, wenn sie diese imposanten Reiter in Kriegszeiten auf sich zukommen sahen? Furcht? Ehrfurcht? Oder sogar beides?

Die Wiedergeburt

Würde der achtjährige Larkyen nicht wissen, dass es sich um Menschen handelt, er würde schwören, einem Heer von Monstern begegnet zu sein.

Jeder der Soldaten trägt den markanten Säbel des Kriegerstandes, in einer ledernen Scheide an der Hüfte – Statussymbol lebendiger Denkmäler von Tradition und Brauchtum.

Ojun und Khorgo ließen sich am Feuer nieder. Von ihrem Gespräch bekam Larkyen kaum etwas mit, doch immer wenn der Schamane sprach, schien es um das schwarze Mal zu gehen.

Nachdem er sich um Khorgos Pferd gekümmert hatte, begab Larkyen sich wieder einmal an den Waldrand – jenen Ort, den er inzwischen fest mit Alleinsein und Nachdenken verknüpfte.

Seine Finger strichen über das Zeichen auf seinem Handrücken. Wie viele andere unter der schwarzen Sonne Geborene mochte es wohl geben? Wo lebten sie? Und konnte man sie, nachdem sie das erste Mal gestorben waren, überhaupt noch als menschliche Wesen bezeichnen?

Diese Fragen, die ihn so eingehend beschäftigten, waren nun an die Stelle jener gerückt, die er sich zuvor ein Leben lang gestellt hatte – Aus welcher Familie er wohl stammen mochte? Und ob es irgendwo im Westen noch Verwandte gab, die vielleicht sogar nach ihm suchten.

Die sich nähernden Schritte des Schamanen rissen Larkyen aus seinen Gedanken.

„Khorgo und ich hatten viel zu besprechen", sagte Ojun.

„Vertraust du ihm?"

„Ja, Larkyen, das tue ich. Ich kenne Khorgo schon lange, und auch wenn es ihn nur gelegentlich in meine Gegend verschlägt, kenne auch sein Herz und weiß, dass ich ihn als Freund bezeichnen kann."

„Was hast du ihm alles von mir erzählt?"

„Nur das nötigste. Die Kriegerzunft war an den Mythen von einst nur wenig interessiert. Er weiß nichts vom Hunger der Abkömmlinge der schwarzen Sonne und der unstillbaren Gier der Vergangenheit. Das bleibt unser Geheimnis, Larkyen. Es gibt Dinge, die selbst Khorgo nicht wissen muss. Seine Reaktion darauf wäre für uns nicht wünschenswert. Sei dir gewiss, dass ich den Ratschlag, den ich dir gab, selbst beherzige."

Als der Schamane Khorgo näherkommen sah, verstummte er kurz. Eindringlich sah er Larkyen in die Augen und sagte daraufhin: „Ich will mich jetzt um das Vieh kümmern."

„Das Vieh zu hüten ist meine Aufgabe."

„Nicht heute, Larkyen. Du und Khorgo, ihr solltet euch ebenfalls unterhalten. Er ist ein mächtiger Verbündeter."

Larkyen sah dem Schamanen nach, der sich mit langsamen Schritten entfernte; doch kaum hatte er einen der grasüberwucherten Hänge erreicht, kamen bereits die erste Schafe und Ziegen auf ihn zugelaufen. Er sprach fürsorglich zu ihnen und geleitete sie dann auf eine andere Weide.

„He, Larkyen!" rief Khorgo. Der Krieger blieb wenige Schritte vor Larkyen stehen. Larkyen hielt seinem durchdringenden Blick stand. „Dass du deinen Stamm verloren hast, tut mir leid. Aber finde dich damit ab. Diese Zeit duldet keine Trauer, es wird noch viel Blut vergossen werden. Boldar die Bestie ist kein einfacher Plünderer, auch wenn er großen Gefallen daran findet. Er ist ein Eroberer, der sich die Kräfte seiner Opfer aneignet und nach Majunay gekommen ist, um das Land zu unterjochen. Noch haben seine Scharen nicht die Größe einer Armee, doch jeder von ihnen kämpft wie ein gut ausgebildeter Soldat und besitzt die Stärke von vier Männern. Immer mehr von ihnen kommen vom Norden zu uns herab. Und Boldar ist im Besitz von Nordars magischem Schwert. Sei dankbar dafür, dass du noch wohlauf bist. Denn wie mir scheint, bist du der einzige, der je einen Angriff überlebt hat."

„Es waren also keine gewöhnlichen Banditen?" fragte Larkyen.

„Keine Banditen, keine Wegelagerer oder sonstiges Gesindel. Es sind Eroberer, ihr Feldzug hat längst begonnen!"

„Boldar", flüsterte Larkyen. „Verdammt, dieser Name bedeutet für mich nur Verlust und Schmerz. Ich würde ihn nur zu gern töten, Khorgo, wenn er nicht im Besitz von Nordars Schwert wäre. Und wäre ich ein Krieger wie du, könnte ich ihn zum Kampf herausfordern."

„Ojun erzählte mir, du hättest vorgehabt, nach Westen zu reiten, zum Grauen Meer. Nun aber sinnst du auf Rache. Du hast die Wahl zwischen zwei Wegen, und beide grenzen an Größenwahn und erscheinen mir unüberlegt."

„Beide Wege bedeuten ein Wagnis", gab Larkyen zu, „doch für mich sind sie erstrebenswert."

Ein spöttischer Ausdruck in Khorgos Gesicht ließ Wut in Larkyen aufsteigen.

„Lachst du mich jetzt aus?"

„Nein. Du würdest Boldar also wirklich gegenübertreten", fuhr Khorgo fort. „Aus dir spricht die Waghalsigkeit der Jugend. Du willst tatsächlich Boldar die Bestie töten? Ojun schwärmt in den höchsten Tönen von dir und deinem großen Schicksal. Der alte Schamane scheint in seinem Kopf Ähnliches zusammenzuspinnen wie du, dabei vergesst ihr beide, wie hart die Realität ist. Ich habe vielen Männern im Kampf gegenübergestanden und viele von ihnen getötet, während du ein Leben lang unter der schützenden Obhut deines Stammes durch die Steppe zogst und Vieh gehütet hast. Selbst ich wünsche mir,

Boldar niemals gegenüberstehen zu müssen."

„Dann bist du nichts als ein erbärmlicher Feigling", zischte Larkyen. Ehe er sich versah, war Khorgo bei ihm und presste einen Arm gegen seine Kehle, während die andere Hand eine Klinge aus seinem Stiefel zog.

„Du nennst mich einen Feigling?" Er hielt Larkyen die blitzende Klinge vors Gesicht. „Ich bin nur vernünftig. Boldar ist übermächtig und steht in der Gunst des Kriegsgottes Nordar. Das magische Schwert in seiner Hand kann dir den zweiten und endgültigen Tod bescheren! Wusstest du das?"

„In der Natur gibt es immer einen, der stärker ist", keuchte Larkyen.

„Sei dir gewiss", knurrte Khorgo, „wenn Ojun nicht so viel von dir hielte, würde ich dir eine Lektion in Sachen Respekt erteilen, die du nicht vergessen würdest. Sohn der schwarzen Sonne!"

„Lehre mich wie du zu sein", flüsterte Larkyen. „Bring mir das Kämpfen bei, und mache einen Krieger aus mir."

Khorgo ließ von Larkyen ab und führte die Klinge zurück in den Schaft seines Stiefels.

„Deine Wunde ist noch nicht einmal verheilt! Aber Ojun vermutete schon, dass du mich so etwas fragen würdest."

Mit einer flinken Bewegung schlug Khorgo mit der flachen Hand auf Larkyens Verband.

Larkyen verzog das Gesicht, als der Schmerz sich wie ein neuer Giftpfeil durch seine Schulter bohrte.

„Siehst du? Wie willst du so kämpfen?"

„Verdammt, Khorgo, Schmerzen interessieren mich nicht."

„Du musst verrückt sein, Bursche. Deine Ziele sind unmöglich!"

„Warum soll das, was ich will, unmöglich sein? Warum ist für die meisten Menschen immer alles unmöglich? Glaubst du, dass nicht allein der Wille zählt, und dass ein starker Wille Großes bewirken kann? Du hast für Majunay gekämpft, und mit Sicherheit hast du viele weitere Kämpfe hinter dir. Ich bin mir sicher, dass du einige Situationen erlebt hast, in denen du dem Feind unterlegen warst, doch dachtest du in solchen Momenten, das Erreichen deines Ziels sei unmöglich? Nein, du hast den Versuch gewagt!"

„Du hast ein wackeres Herz, Larkyen." Für einen Augenblick wirkte Khorgo beeindruckt. „Es ist dein Leben, um das es geht. Und damit kannst du machen, was du willst. Ich werde noch eine Weile bei dem Schamanen bleiben. Ojun zuliebe werde ich versuchen, dir in dieser Zeit das nötigste beizubringen. Aber ein Krieger wirst du danach noch lange nicht sein, dazu gehört weit mehr, als nur den Umgang mit Waffen zu beherrschen. Ein Krieger zu sein bedeutet, Körper und Geist im Einklang miteinander ihr Werk verrichten zu lassen. Und ob du dazu fähig bist, erfährst du erst im Kampf auf Leben und Tod."

Khorgo verließ Larkyen und ging zurück zur Jurte, wo er sich seinem Adler widmete. Larkyen folgte dem Krieger nur zögernd, sein Herz raste. Er wagte nicht zu bezweifeln, dass Khorgo unter anderen Umständen Gebrauch von seinem Messer gemacht hätte. Es hatte ihm fern gelegen, den Krieger zu beleidigen, und er ärgerte sich über seine Unbeherrschtheit.

Khorgo sprach in ruhigem Ton mit dem Greifvogel, und so wie Ojun von seinen Tieren verstanden wurde, schien der Vogel auch die Worte des Kriegers zu verstehen.

Als Larkyen sich näherte, musterte ihn der Adler mit wachen Augen.

„Ruhig, Bata", flüsterte Khorgo.

„Ich wollte mich bei dir entschuldigen", sagte

Die Wiedergeburt

Larkyen. „Ein Mann, der unter dem Banner des roten Drachen gekämpft hat, kann kein Feigling sein."

Nur beiläufig nahm der Krieger von ihm Notiz.

„Ist in Ordnung", sagte er. „Ich nannte dich vorhin einen Lügner, dafür nanntest du mich einen Feigling. Somit sind wir quitt und müssen uns nichts nachtragen."

Larkyen nickte schüchtern. Er sah zu dem Adler.

„Wie heißt er?"

„Er ist eine Sie", erklärte Khorgo. „Meine Tochter Zaira taufte sie auf den Namen Bata."

„Deine Tochter? Ich wusste gar nicht, dass du eine Familie hast."

„Mein Weib starb bei Zairas Geburt. Es war eine schwere Zeit für mich, damals diente ich noch als Soldat unter General Sandokar im Osten, und die Pflicht meinem Herrn gegenüber duldete keine Kompromisse. Meine Schwester erzog Zaira nach bestem Wissen zu einer gerechten und edlen Frau. Zaira lebt heute als Eheweib eines reichen Kaufmanns im Norden, in der Stadt Dakkai, am Rande der Steinwüste Khezzar. Der Ort liegt vierzehn Tage zu Pferd von hier entfernt. Ich sehe Zaira nur selten, denn mein Weg führt mich nicht oft nach Dakkai. Sie hält nichts davon, dass ihr Vater ständig unterwegs ist und durch ganz Majunay reist. Sie sagt, ich solle zu ihr und ihre Familie ziehen. Aber das Leben in der Stadt ist nichts für mich. Das Nomadendasein liegt mir im Blut, und in diesem Punkt sind wir uns wohl einig, nicht wahr?"

Khorgo stülpte den dicken Lederhandschuh über seine Hand und ließ den Adler hinaufsteigen. Die scharfen Krallen gruben sich tief in das Leder. Khorgo hob den Arm. Der Adler spreizte seine mächtigen Schwingen und erhob sich mit schweren Flügelschlägen in die Luft.

„Gute Jagd", rief Khorgo ihm nach. „In der Dämmerung bist du wieder hier!"

Larkyen folgte mit seinem Blick der Flugbahn des

Vogels. In den Weiten des Himmels gab es niemanden, der es mit der Kraft eines Adlers aufnehmen konnte. Dieser Vogel war der König der Lüfte, der sich frei von Furcht bewegen konnte. Larkyen beneidete ihn.

Am Abend saßen sie wieder im Schein des Feuers. Aus dem Kessel stieg der strenge Geruch von gekochtem Schafsfleisch, das Larkyen am späten Nachmittag für den Schamanen zubereitet hatte.

Während Ojun sich das Fleisch mit bloßen Händen aus einer Holzschale griff und es schmatzend verschlang, wobei er sich von Larkyen immer wieder nachschlagen ließ, war sein Gesicht von Zufriedenheit erfüllt. Er schwärmte in den höchsten Tönen von Larkyen und seiner Hilfsbereitschaft.

Khorgo ließ sich nicht anmerken, dass er dem Schamanen überhaupt zuhörte. Er putzte den blanken Stahl seines Säbels im Flammenschein. Danach galt seine Pflege dem westlichen Breitschwert.

„Du musst viel in der Welt herumgekommen sein", sagte Larkyen zu Khorgo.

Der Krieger sah nur kurz auf und widmete sich dann wieder seinem Schwert.

„Ich habe viel gesehen", sagte er beiläufig. „Vielleicht zu viel!"

„Würdest du mir davon erzählen?"

„Dazu sind doch die Abende am Feuer da, oder etwa nicht?" meldete sich Ojun zu Wort.

Ein flüchtiges Lächeln erhellte das sonst so ernste Gesicht des Kriegers.

„Das Interesse an Soldatengeschichten liegt jungen Männern wohl im Blut", sagte er. „Also will ich deine Neugierde befriedigen und dir von der Schlacht bei der Steinwüste Khezzar berichten. Zehn Sommer ist es nun her. Zu jener Zeit hatten sich die kriegerischen Kedanier aus dem Norden mit den Zhymaranern, die jenseits der Steinwüste im Süden leben und deren Haut so dunkel wie Ebenholz ist, zu einem gewaltigen Heer zusammengeschlossen. Von Osten her überschritten sie die Grenze Majunays und marschierten durch die Steinwüste Khezzar, in Richtung der Stadt Dakkai. Da Dakkai jedoch nicht befestigt genug war, um einer Belagerung standzuhalten und die vielen Zivilisten zu schützen, ließ General Sandokar, der Befehlshaber des Heeres der Majunay, trotz einer Unterzahl von fünf zu eins, seine Truppen dem Feind entgegenmarschieren.

Doch der General war ein listiger Stratege. Entgegen dem Einspruch seiner Berater, teilte er seine Armee und ließ einen Großteil seiner Kavallerie von eintausend Reitern, in großem Bogen und außer Sichtweite um den Feind herumreiten, nur um hinter ihnen, in einem verborgenen Tal, Stellung zu beziehen.

Als Sandokar schließlich mit dem Rest seiner Truppen dem Feind gegenüberstand, ordnete er einen tödlichen Pfeilhagel an. Kaum war dieser abgeklungen, stürmte schon seine Infanterie, bewaffnet mit langen Speeren, nach vorn. Und während seine Fußtruppen noch im Kampf vertieft waren, rückte hinter dem Rücken des Zweivölkerheeres bereits eine riesige Kavallerie heran. Die Hufe von tausend Pferden ließen den Boden erbeben. Ich selbst gehörte zu den tapferen Reitern, die an vorderster Front in das überraschte Feindesheer hineinritten. Wie eine Flutwelle begruben wir sie unter uns. Nach einem vollen Tag des Kampfes, hatte der Boden das Blut von über zwölftausend Kedaniern und Zhymaranern getrunken. Als Zeichen der Warnung und der Abschreckung hatte General Sandokar je tausend Leichname seiner Feinde an die Grenzen Kedaniens und Zhymara bringen lassen, wo er sie zu einem hohen Berg auftürmen ließ. Die Gebeine der Toten liegen noch heute an jenen Orten, und sie haben ihren Sinn und Zweck erfüllt, denn nie wieder kam es zu einem kriegerischen Zusammenschluss der Länder Kedanien und Zhymara gegen Majunay."

Als Khorgo seine Erzählung beendet hatte, herrschte eine Zeit lang Schweigen. Nur das Knistern des Feuers und das Heulen des Windes drangen an Larkyens Ohr. Hatte er den Krieger schon zuvor mit einem gewissen Respekt betrachtet, war daraus nun fast so etwas wie Ehrfurcht geworden.

„Wie ist es, einem anderen Mann im Kampf gegenüberzustehen?" fragte Larkyen, „In seine Augen zu sehen, seinen Kriegsschrei zu hören, während Stahl auf Stahl trifft, und nichts anderes zählt als das nackte Überleben?"

„Es ist ein Gefühl, das ich nur schwer in Worte fassen kann. Im Kampfe sind es meist Instinkt, Reflex und der Wille zum Sieg, die mich leiten."

„Hast du jemals Angst verspürt?"

„Es ist ganz normal, Angst zu verspüren, und ich denke, diese Angst macht einen Menschen nur wachsamer. Wichtiger ist, dass sie nicht unser Handeln im Kampfe bestimmt. Wir dürfen uns unseren Gefühlen nicht unterwerfen, sondern müssen stets Herr über sie sein. Dann ist es keine Schande, Angst zu haben."

Wie viel Mut musste ein Mann wohl aufbringen, um an solch einer Schlacht teilzunehmen? Larkyen versuchte, sich vorzustellen, wie er wohl gehandelt hätte, als der General die Männer zu den Waffen rief. Ihn hatte ja schon der Anblick brüllender und kämpfender Kedanier im Lager der Yesugei das Fürchten gelehrt. Wie mochte es wohl sein, einem ganzen Heer von ihnen gegenüberzustehen? Sein Herz hämmerte bei dem bloßen Gedanken, und er verfluchte seine rege Vorstellungskraft. Stattdessen versuchte er jetzt, sich jenen Mann vorzustellen, der ein ganzes Heer befehligt hatte – General Sandokar.

Die Wiedergeburt

„Was ist dieser General für ein Mensch?" fragte Larkyen.

„Fragen über Fragen", sagte Khorgo. „Doch für einen jungen Mann wie dich, der sein Leben nur unter Nomaden verbracht hat, ist das wohl nicht verwunderlich."

Er sah Larkyen tief in die Augen. „Der General ist aufrecht und stolz, listig und weise. Betritt er einen Raum, halten die Menschen inne und richten ihre Blicke auf ihn, und wenn er spricht, lauschen sie ihm. Er ist der größte Krieger in der Geschichte von Majunay."

Am Morgen des nächsten Tages weckte Khorgo Larkyen recht unsanft, indem er ihm eine Schale kaltes Wasser über den Körper schüttete. Keuchend und prustend sah Larkyen zu ihm auf.

„Aufstehen! Dein erster Ausbildungstag beginnt!"

„Was?" keuchte Larkyen. „Jetzt? Den ganzen Tag? Aber ich hatte Ojun angeboten, ihm während meines Aufenthalts bei allen anfallenden Tätigkeiten behilflich zu sein. Er wird es von mir erwarten."

„Es ist nicht nur dein Wunsch, dass ich dich unterrichte, sondern auch der des Schamanen. Er glaubt an dich und an deine große Zukunft."

Daraufhin verließ Khorgo mit großen Schritten den Raum.

Als Larkyen vor die Jurte trat, schlug ihm die frische Gebirgsluft entgegen, und er bibberte vor Kälte. Die Sonne stand noch tief hinter den Berggipfeln, und ihre ersten Strahlen benetzten die glitzernde Frostschicht. Vor Larkyen lag ein harter Tag.

Khorgo nahm dem Adler die Lederkappe ab, und der riesige Vogel spreizte seine Flügel in ganzer Pracht.

„Wenn die Sonne sich neigt, kehrst du zurück", flüsterte er dem Adler zu.

Mit lautem Flügelschlag erhob sich der Vogel in die

Lüfte. Larkyen sah, wie seine anmutige Gestalt immer kleiner wurde und schon bald in weiter Ferne über den Bergen kreiste.

„Bist du bereit, mein Junge?" fragte der Krieger und ging ihm voran, bis zum Waldrand. Dort warf er Larkyen einen beinlangen, von Rinde befreiten Stock zu.

Larkyen sah den Krieger fragend an, und Khorgo erklärte: „Solange du nicht weißt, wie man mit einem Schwert umgeht, tut es auch ein Ast."

Khorgo ergriff ebenfalls einen Stock. Beide standen sich nun gegenüber.

„Was würdest du tun, wenn der Stock in deinen Händen ein Schwert wäre und ich selbst Boldar!"

Larkyen blickte verdutzt drein.

„Kein Zögern, du bist in der Schlacht. Tu, was du tun willst!"

Larkyen griff mit einem Überkopfhieb an. Khorgo jedoch parierte mit einem nach oben gesetzten Schlag und führte den Stock mit derselben Bewegung auf Larkyens entblößten Brustkorb herab. Larkyen hielt sich die Rippen, während er seinen Stock sinken ließ.

„Boldars magische Klinge hätte dich bereits getötet! Soviel zu deiner Situation am heutigen Tag", erklärte Khorgo. „Jetzt weißt du, weshalb wir nur mit Stöcken kämpfen. Es hängt von deinem Willen ab, wann sich das ändern wird."

Khorgo erwies sich als strenger Lehrer. Schon die ersten Momente seines Unterrichts, in denen er Larkyen die richtige Bein- und Körperhaltung beibrachte, erwiesen sich auf Grund vieler Stockhiebe als äußerst schmerzhaft. Die Verletzung durch den Pfeil trug das ihre dazu bei. Schon nach kurzer Zeit war Larkyen schweißüberströmt, und auch wenn sein Körper sich nach einer Pause sehnte, gewährte er sich doch keinerlei Gnade.

Die Wiedergeburt

Dutzende blauer Flecke und Prellungen trug er davon, dennoch versuchte er, dem Krieger zumindest in punkto Hartnäckigkeit ebenbürtig zu sein und keinerlei Schmerz zu zeigen.

Ojun beobachtete die beiden. Aufmerksam verfolgte er jede von Larkyens Bewegungen und nickte anerkennend, wenn es Larkyen wieder einmal gelang, einen von Khorgos Streichen zu parieren oder ihm auszuweichen.

Larkyens Reflexe überraschten selbst den Krieger, und er kam nicht umhin, neben Kritik und Anregungen auch lobende Worte auszusprechen. Auch wenn er mit jedem Fortschritt, den Larkyen machte, umso härter und listenreicher zuschlug.

Der Gedanke an Rache war es, der Larkyen die nötige Ausdauer verlieh, um die Tortur seiner Ausbildung bis zum Abend durchzuhalten.

Als sie das nächste Mal zusammen am Feuer saßen und der Schamane einen neuen Kräuterverband auf Larkyens pochende Wunde legte, fielen Larkyen vor Erschöpfung fast die Augen zu.

Khorgo hingegen lächelte. Noch immer schien der Krieger wohlauf und bei vollen Kräften zu sein.

„Du hast heute eine Menge gelernt", sagte er zu Larkyen. „Der gute Ojun erzählte, du stammst von den Ufern des Grauen Meeres. Dort lebt das Volk der Kentaren, von denen Einiges bis in unser Land vordrang und es heißt, dass aus ihnen auch große Kämpfer hervorgingen. Das Kämpfen liegt zweifellos auch dir im Blut."

Kaum streckte sich Larkyen in der Jurte auf den Fellen aus, schlief er auch schon zufrieden ein. Im Traum sah er sich über weite Schlachtfelder schreiten, deren Boden von Blut getränkt war. Zerfetzte Banner wehten im Wind, und das Geklirr von aufeinander prallenden Rüstungen und Schwertklingen, vermischt mit wildem Kriegsgeschrei, erfüllte die Luft. Die Schreie der Sterbenden fanden ihren Weg an Larkyens Ohr, und er folgte ihrem Ruf. Sie riefen nach einem Gott, der ihnen beistand, aber es war Larkyen, der ihnen im Moment ihres Todes erschien. Ein gieriger Hunger, wie er ihn nie zuvor verspürt hatte, übernahm die Herrschaft in seinem Körper.

Gier nach Lebenskraft.

Er beugte sich hinab zu einem sterbenden Soldaten und sah ihm in die feuchten Augen, während er, getrieben von einem völlig neuen Instinkt, den Mund öffnete. Dann geschah es. Larkyen sog mit einem langen tiefen Atemzug die Energie des Lebens aus dem Leib des Sterbenden – Energie, die er nicht sehen, dafür umso besser spüren konnte. Der Soldat ließ den Kopf baumeln, und Larkyen glaubte zu hören, wie das Herz des Mannes aufhörte zu schlagen. Der Soldat war tot; Larkyen jedoch fühlte sich stark, so unglaublich stark.

Erschrocken wachte er auf. Im ersten Moment glaubte er, beim Erwachen geschrien zu haben. Der Rhythmus seines Herzschlages dröhnte in seinen Ohren. Zu seinem Entsetzen verspürte er zum ersten Mal jenen Hunger, den er eben noch im Traum ausgelebt hatte. Er sah im schummrigen Licht der Jurte zu dem schlafenden Schamanen hinüber, der in seine Felle eingewickelt fest schlief. Nur unweit davon ruhte Khorgo. Auch der Krieger hatte nichts von Larkyens Erwachen mitbekommen. Die beiden Leiber boten ein Festmahl, er konnte ihren Herzschlag hören, fühlte die darin beheimatete Lebenskraft als einen Wärmequell in der kühlen Nacht.

Larkyen schloss seine Augen wieder. Aus Furcht vor sich selbst zwang er sich mit härtester Willenskraft, sein Verlangen bis zum nächsten Morgen wieder zu vergessen.

Die Wiedergeburt

Kapitel 5 – Kind der schwarzen Sonne

Larkyen konnte ganz plötzlich spüren, dass das todbringende kedanische Pfeilgift seinen Leib endgültig verlassen hatte – und mit ihm auch der Schmerz und die Erschöpfung, die es ihm selbst nach der Wiedergeburt noch beschert hatte. Er ging hinaus an die frische Luft und streifte den Verband ab. Der kühle Wind streichelte seine nackte Schulter, auf der nur noch eine letzte kleine Narbe an seine Verwundung erinnerte.

Die Wiedergeburt schien nun ihre weiteren Auswirkungen zu zeitigen. Larkyens Muskeln waren straffer und fester. Er fühlte sich bedeutend kräftiger als während seiner Zeit im Nomadenstamm.

Mit schnellen Schritten trat er auf eine alte Buche zu. Eine spielerische Neugierde trieb ihn dazu, mit den ausgestreckten Fingern beider Hände in die tiefen Furchen der knorrigen Baumrinde zu greifen, um dann seine Finger zur Faust zu ballen. Die Bewegung war zweifellos mit Anstrengung verbunden, doch seine aufreißenden Fingerkuppen verheilten sofort wieder, während er große Fetzen aus der Rinde brach. Larkyen holte mit der Faust aus, schlug zu. Ein Teil des Stammes splitterte unter der Wucht des Aufpralls.

Erst jetzt bemerkte er Ojun und Khorgo, die ihn musterten Im Gesicht des Kriegers zeigte sich blanke Ungläubigkeit.

„So stark", murmelte Khorgo.

Wohlwollend nickte der Schamane Larkyen zu, dann sagte er: „Immer weiter schreitet deine Wandlung voran, Sohn der schwarzen Sonne."

Die Tage vergingen, und Larkyen verdrängte seinen Hunger nach der Kraft des Lebens. Der Schamane beobachtete ihn mit besonders wachsamen Augen. Auffallend oft erkundigte er sich nach Larkyens Wohlbefinden, fragte ihn, ob er ungewöhnliche Träume habe. Larkyen verneinte. Obgleich er Ojun nur ungern anlog, hielt er es für die beste Entscheidung, seinen Lebensretter nicht in Sorge zu versetzen.

Schon kam der Herbst ins Land. Die Blätter verfärbten sich goldgelb, und die Tage wurden kürzer.

In seiner Ausbildung bei Khorgo machte er weiterhin gute Fortschritte. Die Zeit, in der er Waffen in seiner Hand als fremdartig empfunden hatte, war endgültig vorbei.

Im Umgang mit Pfeil und Bogen wusste er Khorgo wieder einmal zu überraschen. Es war sein Adoptivvater Godan gewesen, der ihm gemeinsam mit Alvan das Schießen beigebracht hatte.

Khorgo lehrte außerdem, wie man waffenlos kämpfte. Dieser Teil der Ausbildung war der schmerzhafteste überhaupt trotz Larkyens erhöhter Körperkraft. In vielen einprägsamen Einzelheiten musste Larkyen erkennen, dass der menschliche Körper selbst eine Waffe war, die ebenso todbringend wie ein Schwert sein konnte.

Der Hunger nach Lebenskraft wurde indes zu Larkyens ständigem Begleiter. Er wagte nicht einmal, mit dem Schamanen und schon gar nicht mit Khorgo darüber zu sprechen. Ohnehin wusste Ojun, was in Larkyen vorging, Khorgo jedoch hatte davon keine Ahnung, und Larkyen wurde das Gefühl nicht los, dass der Krieger in diesem Bedürfnis etwas abgrundtief Schreckliches sehen würde.

Larkyen konnte Khorgo ein solches Empfinden keinesfalls verübeln, schließlich empfand er die Vorstellung, von der Kraft anderer Lebewesen zu zehren, als ebenso schrecklich. Zwar versuchte er, durch den Verzehr von immer mehr Schaffleisch einen Ausgleich zu erschaffen, aber das Sättigungsgefühl hielt nur kurz an. Der wahre

Die Wiedergeburt

Hunger würde sich nur auf eine Weise stillen lassen. Larkyen war dafür noch längst nich bereit, er konnte es einfach nicht. Früher oder später jedoch würde ihn sein Trieb dazu bringen, sich diesem Verlangen endgültig hinzugeben.

Es geschah an einem sonnigen Herbstnachmittag, während Khorgo ihn lehrte, wie man ganz auf sich allein gestellt einen Hinterhalt für mehrere Feinde vorbereitete. Der Krieger ließ Larkyen im Wald zwischen den Bäumen Gruben ausheben, die er mit Farnblättern tarnte. Mit einem scharfkantigen Stein schnitt er lange Rindenstreifen von einem Baum und flocht sie zu straffen Schnüren, um daraus Stolper- und Schlingfallen zu bauen. Er erklärte Larkyen zahlreiche Auslösemechanismen und ließ ihn zum besseren Verständnis selbst in diverse Fallen laufen.

Nicht selten fand Larkyen sich, mit einer Schlinge um den Fuß, am Ast eines Baumes hängend wieder. Doch er lernte viel und schnell und war dem Krieger Majunays auch für diese neuen Lektionen dankbar.

Hoch über ihnen kreiste der Adler und stieß einen Schrei aus. In einem steilen Winkel flog er auf den Boden zu, schrie abermals, um Khorgos Aufmerksamkeit auf sich zu lenken und stieg sofort wieder gen Himmel auf.

Khorgo konnte das Verhalten des Steinadlers sofort deuten.

„Bata warnt uns", sagte er plötzlich, und noch während er redete, kam eine Gruppe von vier hochgewachsenen Reitern auf das Lager des Schamanen zugeritten – zu groß, um vom Volk der Majunay zu stammen. Sie saßen aufrecht im Sattel, gehüllt in lederne Rüstungen, und trugen dicke Schafsfelle über ihren Schultern. Die metallenen Knäufe ihrer Waffen blitzten im Sonnenschein.

Khorgo wies Larkyen sofort an, sich zu verstecken, und Larkyen suchte Deckung hinter ein paar Bäumen im

Die Wiedergeburt

Wald.

Einer der vier Reiter hob die Hand zum Gruß, als sie langsam auf den Schamanen zuritten, der am Feuer saß und schon seit Mittag in der Wärme der Flammen meditierte. Nur zögernd stand Ojun auf.

Khorgo lief, die rechte Hand am Knauf seines Säbels, mit schnellen Schritten auf die Reiter zu.

„Wir kommen in friedlicher Absicht", rief einer von ihnen und stieg aus dem Sattel. Khorgo blieb vor dem Mann stehen. Beide verbeugten sich.

Larkyen konnte erkennen, dass die Krieger miteinander sprachen, war jedoch zu weit entfernt, um auch nur ein Wort zu verstehen. Das Gespräch dauerte nur kurz, dann setzten sich die vier Reiter wieder in Bewegung und galoppierten zurück in die Richtung, aus der sie gekommen waren.

Erst als keiner von ihnen mehr zu sehen war, liefen Khorgo und Ojun zum Wald.

Larkyen trat aus seiner Deckung hervor. Im ersten Moment erschrak er, denn das Gesicht des Kriegers wirkte angespannt. In Ojuns Augen stand sogar Furcht.

„Kedanier", grummelte Khorgo verächtlich. „Sie suchen nach einem jungen Mann aus dem Westen, von dem es heißt, die Yesugei hätten ihn großgezogen."

Larkyens Herz schlug schneller.

„Er soll ein auffälliges Mal an seiner linken Hand tragen", fuhr Khorgo fort. „Ich habe ihnen gesagt, wir wüssten von nichts. Auch wenn sie nichts dergleichen erwähnten, so ist es gewiss, dass sie im Auftrag von Boldar der Bestie unterwegs sind. Sie werden mit Sicherheit zurück in die Steppe reiten, aber ich glaube auch, das sie irgendwann wiederkommen werden."

„Aber warum suchen sie jetzt nach mir? Die Kedanier haben von mir abgelassen, nachdem ihr Pfeil mich getroffen hatte."

Die Wiedergeburt

„Offenbar wussten die Männer damals noch nichts von deinem Mal. Boldar muss erst später davon erfahren haben."

Larkyen überlegte.

„Du hast recht", sagte er. „Zwei von Boldars Männern sahen sich mein Mal an und erwähnten, dass sie ihrem Herrn davon berichten wollten. Einen Moment später gelang mir die Flucht. Die Reiter, die mich verfolgten, hatten keine Ahnung."

„Boldar weiß um die Bedeutung deines Mals", sagte Ojun. „Er sucht nach einem Kind der schwarzen Sonne. Die Bestie wird glauben, dass dein Blut eine ganz besondere Kraft in sich birgt."

„Vielleicht sollte ich von hier fort reiten", seufzte Larkyen. „Ich bringe dich in Gefahr, Ojun. Euch beide."

„Wenn du jetzt fortreitest, reitest du in den sicheren Tod", erklärte Khorgo. „Boldars Männer werden überall nach dir suchen, und besonders unten in der Steppe bist du für sie eine leichte Beute. Auch wenn du kräftig genug bist, um Rinde von den Bäumen zu reißen, wirst du noch viel über die Kunst des Kämpfens lernen müssen, ehe du ein solches Wagnis eingehen kannst."

„Dann wirst du mich also weiter unterrichten?"

„Ja", antwortete Khorgo. „Aber keiner von uns darf vergessen, wachsam zu sein. Die Sicherheit, die dieser abgelegene Ort einst bot, ist nicht mehr. Beim ersten Anzeichen von Reitern oder Fußvolk versteckst du dich im Wald. Hast du verstanden?"

Larkyen nickte stumm.

„Ich werde nun ausreiten und der Spur der Reiter in sicherem Abstand folgen. Ich will sehen, wohin sie reiten und ob sich noch weitere von ihnen hier im Gebirge herumtreiben. Möglich, das die vier nur Teil einer größeren Gruppe sind, die versucht, das Gebirge zu durchkämmen. Wenn ich bis morgen Abend nicht zurück bin, dann werdet ihr mich nicht wieder sehen, dann haben sie mich erwischt."

„Aber Khorgo", sagte der Schamane, und Besorgnis zeichnete sich in seinem faltigen Gesicht ab. „Ist das denn wirklich notwendig?"

„Wir müssen so viel wie möglich über diese Reiter erfahren. Wenn Larkyen überleben und Majunay frei bleiben soll, dann ist es notwendig."

„Dann glaubst du also auch an das große Schicksal des Jungen?"

„Die Entscheidung über die Größe seines Schicksals wird er selbst treffen müssen. Was mich jetzt viel mehr interessiert, ist, ob es konkretere Pläne der Kedanier für die Eroberung Majunays gibt."

„Lass mich dich begleiten, Khorgo", schlug Larkyen vor. Er war fest davon überzeugt, dass er dem Krieger Beistand schuldete.

„Du bist ein tapferer junger Mann, Larkyen. Doch ich bin allein viel schneller, und zwei Mann sind leichter zu entdecken als einer. Bleib bei dem Schamanen."

Ojun und er begleiteten den Krieger zu seinem Pferd.

„Gib gut auf dich acht", sagte der Schamane.

„Larkyen", sagte der Krieger. „Es ist nun die Zeit für dich gekommen, eine eigene Waffe zu besitzen."

Er überreichte Larkyen ein Schwert mit einer breit verlaufenden Klinge, das in einer aus Leder gefertigten Scheide steckte. Larkyen war diese Waffe bereits bei Ankunft des Kriegers aufgefallen.

„Hier nimm! Es ist guter Stahl aus dem Westen."

Larkyen nickte dem Krieger dankend zu.

Khorgo stieg auf sein Pferd. Schweigend ritt er los, dem Weg der vier Reiter folgend.

Sie sahen ihm hinterher, bis seine Silhouette sich vor der untergehenden Sonne hinter einem Hügel verlor. Über ihm in den Lüften kreiste wie ein Beschützer der

Die Wiedergeburt

Steinadler Bata.

Als Ojun und er später am Feuer saßen, sagte Larkyen: „Tut mir Leid, dass ich dich in eine solche Gefahr gebracht habe."

Fast empört sah der Schamane zu ihm auf.

„Nichts muss dir leid tun. Es ist nicht deine Schuld. Was diese Tage so gefährlich macht, sind die Männer, die unter Boldar der Bestie kämpfen."

In dieser Nacht fiel es Larkyen schwer, einzuschlafen. Immer wieder verfiel er in ein Dösen, nur um einige Atemzüge später zu erwachen. Unruhig wälzte er sich auf den Fellen, eine Hand locker auf den Knauf des Schwertes gelegt. Nur zu gern wäre er Khorgo gefolgt, doch sein Respekt gegenüber dem Krieger sowie das Vertrauen auf dessen Urteilsvermögen, hielten ihn davon ab.

Wie sollte es nur weitergehen? Die Gefahr durch Boldars Männer würde keinesfalls abklingen, solange die Bestie nicht tot war. Boldar musste sterben, daran führte kein Weg vorbei.

Larkyen malte sich aus, wie er dem Hünen gegenübertrat und seine Klinge mit der des Einäugigen kreuzte. Seine Phantasie verlieh allein dem Gedanken etwas Überwältigendes. „In der Natur gibt es immer einen, der stärker ist." Jene Worte hatten sich fest in seinen Kopf gebrannt.

Und er, Larkyen, war immerhin ein Abkömmling der schwarzen Sonne.

Macht sollte ihm verliehen werden, sowie Unsterblichkeit. Beides waren Träume und Wünsche, die schon unzählige Menschen vor ihm gehabt hatten, ihm aber sollten sie, wie der Schamane sagte, erfüllt werden. Es schien selbst jetzt noch zu unglaublich, um wahr zu sein. Und dann war da noch der Fluch des Hungers. Er spürte ihn immer deutlicher, zuweilen erfüllte ihn deswegen eine innere Unruhe, die ihn beständig umherlaufen ließ. Dabei ahnte er bereits, dass jener Hunger um ein vielfaches stärker werden konnte, vielleicht sogar so gewaltig, dass er seiner Gier nach Lebenskraft nicht mehr würde standhalten können und sich selbst in eine reißende Bestie verwandelte. Es war bittere Ironie: Dieser Fluch schien so etwas wie der Preis für seine Macht und Unsterblichkeit zu sein.

In der Frühe prasselten Regentropfen auf die Jurte nieder. Diesmal wachte Larkyen vor Ojun auf. Die Besorgnis im Gesicht des Schamanen schien selbst im Schlaf nicht weichen zu wollen. Trotz des Wolkenbruchs beschloss Larkyen, gleich nach den Tieren zu sehen. In einen Kapuzenmantel aus schweren Leinen gehüllt, trat er aus der Jurte. Das Breitschwert trug er bei sich.

Die Spitzen der Berge waren hinter tiefen weißgrauen Wolken verschwunden, Nebelschwaden wälzten sich die Hänge hinab und streiften über die Ebene wie Gespenster. Während Larkyen durch den Regen streifte, sah er sich wachsam um. Die Schafe hatten sich unter den Bäumen am Rande des Waldes niedergelassen und begrüßten ihn mit einem Blöken.

Plötzlich entdeckte er zwischen ihnen eine deutlich sichtbare Blutspur. Sein Herz schlug schneller, er zog das Schwert. Die Schafe wichen vor ihm auseinander, und ihr Blöken wurde lauter. Anscheinend hatten sie etwas gewittert.

Die Blutspur führte zwischen Bäumen hindurch in den abgelenen Teil des Waldes. Er folgte ihr mit langsamen Schritten, ständig darauf bedacht, nicht das leiseste Geräusch zu verursachen. Weder knackten unter seinen Füßen die Äste, noch raschelten die Sträucher. Seine Sinne hatten sich im Nu so geschärft, wie er es noch nie erlebt hatte. Er hörte ein lautes Schnaufen, dann erblickte er hinter einem umgestürzten Baum ein totes Schaf mit durchgebissenem Genick. Über dem blutigen Kadaver baute sich ein Wolf auf. Die Muskeln des Tieres waren zum Zerreißen gespannt und zeichneten sich unter seinem grauen Fell ab, jederzeit bereit zu reagieren.

Larkyen hatte in der Steppe genug über Wölfe gelernt, um keine Angst vor ihnen zu haben. Er wusste um ihre Scheu, und ihm war klar, dass ein einzelner Wolf keine Gefahr bedeutete. Die grüngelben Augen des Raubtiers starrten ihn unverwandt an. Zu Larkyens Verwunderung begann der Wolf sich ihm langsam bis auf wenige Schritte zu nähern.

Wenn auch skeptisch, beugte er sich zu dem Wolf herab und streckte wie zur Begrüßung die Hand aus. Der Wolf neigte seinen Kopf und ließ sich von Larkyen die Mähne kraulen.

Die Absurdität dieser Begegnung brachte Larkyen zum Lachen. Dieser Wolf schien anders zu sein als seine bei den Nomaden verhassten Artgenossen in der Steppe. Die meisten Nomaden sahen in den Wölfen aufgrund der ständigen Gefahr für ihre Viehherden eine Bedrohung. Doch schon allein seiner kentarischen Herkunft halber, hatte Larkyen sich von Kindesbeinen auf dagegen gewehrt, sich diese abwehrende Haltung anerziehen zu lassen. Und obwohl er es vor den Yesugei nie offen auszusprechen wagte, konnte er jedes Raubtier irgendwie verstehen. Raubtiere jagten und töteten allein der Nahrung oder Verteidigung halber.

Sein Hunger erinnerte ihn daran, dass er sich die Lebenskraft dieses Tieres hätte nehmen können, doch sein Gewissen gebot ihm Einhalt, und ihm wurde klar, dass es bedeutend leichter fallen würde, einzig seinen Feinden das Leben zu nehmen.

Plötzlich knackte im Unterholz ein Ast. Der Wolf erschrak und rannte fort.

Die Wiedergeburt

Larkyen spähte in die Richtung, aus der das Geräusch gekommen war. Zu seiner Beruhigung sah er Ojun zwischen den Bäumen entlanggehen. Jetzt erst schob er das Schwert in die Scheide zurück.

Als der Schamane ihn ebenfalls erblickte, sagte er: „Ich habe dich gesucht, mein Junge. Die Zeiten sind unruhig genug, auch ohne dass du dich am frühen Morgen einfach so davonschleichst. Nimm ein bisschen Rücksicht auf mein Alter."

Larkyen erzählte dem Schamanen von seiner Begegnung mit dem Wolf. Ojun machte ein nachdenkliches Gesicht. Lange Zeit blickte er auf das gerissene Schaf, zeigte kein Anzeichen von Verärgerung oder Wut.

„Dieser Wolf kehrt jeden Herbst hier ein. Ich habe ihn immer akzeptiert, anstatt ihn fortzujagen, ganz gleich, ob er sich an meiner Herde gelabt hat. Doch aus nächster Nähe habe ich ihn noch nie zu sehen bekommen. Ein Kind der schwarzen Sonne besitzt eine besondere Ausstrahlung auf die meisten Tiere, deshalb scheuen sie den Kontakt zu ihm nicht."

Vielleicht war die Begegnung ja so etwas wie ein Zeichen gewesen, dachte sich Larkyen. Und er erinnerte sich daran, wie der älteste der Yesugei einst von außergewöhnlichen Begegnungen zwischen Mensch und Tier berichtet hatte. Es hieß, wenn ein wildes Tier vor einem Menschen keine Scheu zeige und sogar dessen Nähe suche, so seien sie von verwandter Art. Nicht der Wolf war anders als seine Artgenossen, sondern Larkyen war es, der anders war. Der Wolf und er, sie waren zur Jagd nach Beute bestimmt.

Er hielt diese Begegnung tief in Gedanken fest und erkannte schließlich in dem Wolf ein Sinnbild für seine eigene Bestimmung, ebenso wie für den Kampf auf Leben und Tod, denn Bestien fühlten keine Reue und taten, was getan werden musste. Vielleicht war dies eine der

Die Wiedergeburt

Eigenschaften, die Boldar seinen Gegnern voraus hatte und die zu jedem seiner vielen Siege beigetragen hatte. Larkyen war sich darüber im Klaren, dass es wenig Sinn hatte, große Kraft zu besitzen, wenn man nicht bereit war, sie gnadenlos und ohne Kompromisse einzusetzen.

Gemeinsam liefen sie unter den licht gewordenen Baumkronen zurück. Larkyen sah sich immer wieder nach dem Wolf um, und zwischen einer Reihe von Farnen traf er erneut auf die dunklen Augen des Raubtieres.

Ebenso wie der Schamane wartete Larkyen auf den Abend und die Rückkehr Khorgos. Immer wieder spähten beide abwechselnd in die Ferne. Die Zeit verstrich quälend langsam, und Larkyen verschaffte sich etwas Ablenkung, indem er sich um den Adler und die Herdentiere kümmerte.

Die Nebelschwaden breiteten sich schleichend aus und verharrten träge in der Luft. Das letzte Tageslicht erstickte im trüben Dunst. Die Sonne war bereits untergegangen, als sie das Wiehern eines Pferdes hörten. Mit einem schmatzenden Geräusch polterten die Hufe über den nassen Boden. Nun erkannten sie die Silhouette des Kriegers. Ojun lächelte flüchtig, als der Adler mit gespreizten Flügeln aus dem Himmel glitt und einen Kreis um Khorgo vollzog.

Als Larkyen und Ojun den Krieger freudig willkommen hießen, blieb dessen Miene seltsam ernst.

„Schwere Zeiten stehen bevor", verkündete er.

Larkyen half Khorgo mit dem Pferd und band es bei den anderen an einen Pfahl.

„Hast du viel in Erfahrung bringen können?" fragte Larkyen.

„So einiges."

„Komm mit in die Jurte", sagte der Schamane. „Dort kannst du dich aufwärmen."

Die Wiedergeburt

„Ich bin sehr hungrig", sagte Khorgo. „Übt euch in Geduld. Lasst mich erst etwas essen und trinken. Drinnen berichte ich euch alles."

Nachdem der Krieger hastig gespeist hatte, berichtete er: „Ich bin den Reitern eine lange Strecke gefolgt. Sie trafen sich unterwegs mit weiteren Kedaniern. Sie reiten im Auftrag von Boldar der Bestie. Als sie eine Rast einlegten, konnte ich mich nahe genug heranpirschen, um sie zu belauschen. Sie sprachen davon, wie sehr Boldar nach dir giert, Larkyen. Die Bestie glaubt, durch dein Blut stark genug zu werden, um die Stadt Dakkai angreifen zu können. Das ist ihr großes Ziel, denn wer Dakkai kontrolliert, wird auch genügend Gewalt über die Ländereien jenseits der Wüste Khezzar ausüben können."

„Aber Dakkai ist doch so groß", sagte Larkyen. „Boldar ist wahnsinnig. Er bräuchte Tausende von Männern, um die Stadt angreifen zu können."

„Oder aber – wie er glaubt – das Blut eines einzigen Kindes der schwarzen Sonne!"

Khorgo wandte sich nun dem Schamanen zu.

„Ojun, alter Freund. Die Kedanier sprachen am Feuer darüber, dass Boldar schon einmal das Blut eines Kindes der schwarzen Sonne getrunken hat. Noch nie zuvor soll ein Mensch dies gewagt haben, doch es entfachte in Boldar eine Gier, die ihn dazu trieb, immer mehr Blut zu trinken, um seine Stärke erhalten und mehren zu können. Das Blut eines weiteren Kindes der schwarzen Sonne, so sagen die Kedanier, verleihe ihm die Kraft, die ihm noch fehlt, um mit den Truppen Dakkais gleichziehen zu können."

Larkyen zuckte zusammen. Boldar schien ihm ähnlicher zu sein als er es wahrhaben wollte. Beide teilten sie einen schier unmenschlichen Hunger. Boldar jedoch hatte seinen grausigen Trieben seit langem nachgegeben und war übermenschlich stark geworden.

Die Wiedergeburt

„Boldar kontrolliert mit seinen Kämpfern große Teile der Steppe." berichtete Khorgo weiter. „Überall sind Stoßtrupps von ihm unterwegs. Es wurden schon Dutzende weiterer Nomadensippen abgeschlachtet."

„Diesem Wahnsinnigen muss endlich Einhalt geboten werden", forderte Larkyen erzürnt. „Ich habe bereits eine Menge über die Kampfkunst gelernt. Der Moment rückt näher, da wir uns gegenüberstehen werden."

„Bis dahin werden wir unser Bestes tun, um dich versteckt zu halten", sagte Khorgo.

Bald jedoch sollte jegliches Versteckspiel, jegliches Bangen ein Ende haben. Das wünschte sich Larkyen bei aller Ungewissheit von ganzem Herzen.

Während sich der Krieger von den Strapazen seines Rittes auf den Fellen ausruhte und die Augen geschlossen hatte, trat Ojun an Larkyen heran. Er legte die Hand auf seine Schulter, eine mittlerweile allzu vertraute Geste. Vorsichtig strich er über die Narbe. Darauf bedacht, dass keines seiner Worte an die Ohren des Kriegers gelangte, sprach er in leisem, mahnendem Tonfall zu Larkyen: „Kinder der schwarzen Sonne haben für gewöhnlich keine Narben. Eine schnelle, spurlose Heilung ist denen gewiss, die kraftvoll sind. Zweifellos bist du durch deine Wiedergeburt stärker geworden, doch stark genug bist du noch lange nicht. Du musst dich endlich nähren, Larkyen. Deine Unsterblichkeit wird nichts mehr bedeuten, wenn du erst Boldar gegenüberstehst. Vergiss nie, dass er dir mit Nordars Schwert den zweiten und endgültigen Tod bescheren kann. Werde stärker, werde so stark wie er. Mit deinen Fähigkeiten in den Kampfkünsten wirst du ihm dann ebenbürtig sein. Nimm dir bis dahin die Lebensenergie, die du bekommen kannst. Entziehe sie am Anfang den Tieren, aber tu es."

Larkyen konnte nicht leugnen, dass Ojun Recht hatte.

Die Wiedergeburt

Er musste wahrlich stärker werden. Aber hier und jetzt würde er es noch immer nicht fertig bringen, unschuldiges Leben zu verschlingen, ganz gleich ob von Tieren oder Menschen. Hatte er sich doch vorgenommen, einzig und allein vom Leben seiner Feinde zu zehren.

Bestien kennen keine Reue, so heißt es seit jeher. Larkyen hasste sich dafür, dass er noch immer welche verspürte.

In seinen Träumen hingegen war er längst derjenige, der er sein wollte. Im Schutz von Bäumen und Sträuchern pirschte er sich an seine Beute heran – muskulöse Krieger mit Schwertern in den Händen. Dennoch Beute! Er hörte ihre Herzen schlagen und das Blut in ihren Adern rauschen. Instinkt und Trieb regierten ihn, er glich dem einsamen Wolf, der im lichten Wald lebte. Schnell wie der Wind griff er seine Beute an. Die Krieger schlugen nach ihm, doch ihre Klingen fegten ins Leere. Larkyen grub sich mit bloßen Händen durch ihre Reihen, brach ihre Knochen und zerriss ihr Fleisch. Blutend lag die Beute am Boden, schwer atmend. Ihre Herzen hämmerten und rasten. Larkyen beugte sich über sie und legte ihnen seine Hand, die zuvor noch in Menschenblut gebadet hatte, auf die Brust. Schon durch die Berührung floss ihm Energie zu. Und so sog er lang und begierig das Leben aus jedem Einzelnen heraus. In ihren glasigen Augen spiegelte sich sein Antlitz. Ein Antlitz, bestialisch, fremdartig, unmenschlich, mit grün schimmernden raubtierartigen Augen.

Die Wiedergeburt

Kapitel 6 – Die Fänge der Bestie

Am Morgen des nächsten Tages ließ Khorgo seinen Adler wieder fliegen. Bata kreiste als stiller Beobachter an den Steinhängen über dem Tal.

Während der Krieger Larkyen weiter in der Kampfkunst schulte, stieß der Adler gegen Mittag, als die Sonne am höchsten stand, einen Schrei aus.

Khorgo sah ruckartig auf.

„Sie warnt uns!" rief er.

Einen Augenblick später trudelte Bata hinab. Schon von weitem war deutlich der Pfeil zu erkennen, der ihren Leib durchschlagen hatte. Bata sank unweit der Jurte auf den nassen Boden und stieß ein klägliches Krächzen aus. Khorgo lief zu dem Adler, und Betroffenheit machte sich in seinem Gesicht breit.

„Tot", seufzte er. „Unsere Feinde sind hier!"

„Khorgo!" rief Ojun warnend. Der Schamane stand am Eingang der Jurte und deutete panisch in eine Richtung.

Doch als Khorgo und Larkyen in jene Richtung blickten, sahen sie dort nur felsigen Grund. Ein weiterer Pfeil, ganz aus der Nähe abgeschossen, raste durch die Luft und bohrte sich in die Brust des Schamanen.

„Nein!" schrie Larkyen entsetzt.

Ojun sackte auf die Knie und fiel vornüber. Larkyen rannte zu ihm, nahm ihn in die Arme. Mit ungläubigem Blick sah er den Schamanen an. Es durfte nicht geschehen, dass er Menschen, die ihm etwas bedeuteten, immer wieder sterben sehen musste.

Khorgo lief an dem verwundeten Ojun vorbei in die Jurte und kam mit seinem Bogen in den Händen zurück. Er legte einen Pfeil an und hielt die Sehne gespannt. Dann spähte er in die Richtung, in der er den Schützen vermutete, doch da war niemand.

Die Wiedergeburt

Auch Larkyen konnte nach wie vor niemanden sehen, hielt jedoch weiter Ausschau.

„Sie verschmelzen mit der Umgebung", murmelte Ojun. Ein Faden dunkelroten Blutes rann ihm über die Lippen. „Konzentriert euch, dann werdet ihr sie entdecken."

Ein zweiter Pfeil zischte haarscharf an Khorgo vorbei. Larkyen versuchte, die Flugbahn zurückzuverfolgen. Seine Augen verharrten bei einem flachen Felsen, der sich, zu seiner Verwunderung, zu bewegen schien. Plötzlich glaubte Larkyen den Schützen zu erkennen. Nur schwach zeichnete sich dessen Silhouette auf dem felsigen Grund ab. Und er enttarnte noch zwei weitere Schützen. Die Angreifer schienen tatsächlich fähig zu sein, mit der Umgebung zu verschmelzen.

„In der Natur gibt es immer einen, der stärker ist", flüsterte der Schamane mit schwacher Stimme. „Vergiss das nicht, Larkyen. Und nun stille deinen Hunger an meiner Lebenskraft!"

„Nein", rief Larkyen. „Das kann ich nicht tun!"

„Ich sterbe ohnehin, deshalb nimm, was noch in meinem Leib ist, ehe es versiegt. Du wirst diese Kraft im Kampfe brauchen. Stille endlich deinen Hunger!"

Larkyen drückte den Schamanen fest an sich. Tränen rannen aus seinen Augen, und er sah ihm ein letztes Mal ins Gesicht, während er bereits den Mund öffnete.

„Es war mir eine Ehre", flüsterte Ojun.

Wie in seinem Traum sog Larkyen die Lebensenergie aus dem Körper des Schamanen. Eine knisternde Woge durchlief seinen Leib, als würde ein loderndes Feuer in ihm brennen. Er fühlte, wie er erstarkte, und die Narben seiner einstigen Pfeilwunde wie auch die des Messerstiches, den ihm der Schamane zugefügt hatte, verschwanden endgültig. Ein letztes Röcheln drang zwischen den Lippen des alten Ojun hervor, dann senkte sich sein

Brustkorb, und sein Blick wurde leer. Das Herz des Schamanen hatte aufgehört zu schlagen.

Larkyen ließ seinen Leichnam vorsichtig zu Boden sinken und erhob sich.

„Lauf weg", rief Khorgo ihm zu. „Flieh, Larkyen, na los."

„Nein, ich kämpfe!" Er zog das Schwert.

„Mach schon, Junge!"

Mit Tränen in den Augen sah er den Krieger an.

Ein weiterer Pfeil surrte durch die Luft.

Khorgo packte Larkyen an der Schulter, und gemeinsam liefen sie los zum lichten Wald. Weitere Kedanier auf Pferden kamen heran geritten. Das schwere Getrappel Dutzender von Hufen hallte in den Bergen wider.

„Bringt mir das Kind der schwarzen Sonne!" brüllte eine tiefe Männerstimme. „Ich will ihn haben!"

Gefolgt von weiteren Pfeilen, die dicht hinter ihnen einschlugen, flüchteten Larkyen und Khorgo sich zwischen die Bäume. Noch immer konnten sie die Schützen nur undeutlich erkennen.

Hünenhafte kedanische Barbaren stürmten schreiend in den Wald und brachen durch Äste und Sträucher hindurch. Zwei von ihnen stellte Khorgo sich gegenüber. Während er dem ersten sein Stiefelmesser in die Kehle rammte, begrüßte er den anderen mit dem Säbel. Der Angreifer führte einen Überkopfhieb mit einer wuchtigen Streitaxt aus. Khorgo jedoch war schneller und schlitzte dem Hünen mit einem waagerechten Schlag den Brustkorb auf.

„Verdammt Larkyen, lauf schon!" rief Khorgo erneut.

Larkyen aber dachte keineswegs daran, zu fliehen. Die Mörder sollten für ihre Taten bezahlen. Mit beiden Händen hielt er das Schwert fest umklammert und verharrte an Khorgos Seite, dann griff er den nächsten Kedanier an. In einem sauber geführten Winkel glitt die

Die Wiedergeburt

Klinge auf den Gegner zu, der mit einem wuchtigen Schlag seines breiten Schwertes parierte. Doch Larkyen gab nicht auf, sondern wand sich geschwind an dem Kedanier vorbei, um ihm die Klinge von hinten in die Schulter zu stoßen. Die Schneide kroch tief in den Leib des Mannes. Eine Fontäne von Blut spritzte aus der Wunde direkt in Larkyens Gesicht. Als es über seine Lippen floss, schmeckte er zum ersten Mal fremdes menschliches Blut. Es war ein gutes Gefühl zu töten.

Der Ansturm ihrer Angreifer wurde stärker. Larkyen kämpfte wie besessen, und er entkam den vielen Versuchen der Kedanier, ihn mit bloßen Händen zu überwältigen. Gern hätte er sich auch an ihren Kräften gelabt, so sehr genoss er jene neue Energie, die ihn durchströmte. Doch im Eifer des Kampfes bot sich ihm keine Gelegenheit dazu.

Zu spät bemerkte er, dass Khorgo nicht mehr an seiner Seite lief. Die Angreifer hatten sie gezielt voneinander getrennt. Wenige Atemzüge später war der Majunay von den Kedaniern eingekesselt. Dann mischte sich eine laute, tiefe Stimme in den Lärm des Kampfes: „Überlasst das Schlitzauge mir!"

Ein Raunen ging durch die Reihen der Kedanier, einer rief „Heil Wargulf, dem Starken!", dann bildeten sie eine Gasse für einen Mann in Lederrüstung, dessen Gesicht die blaue Kriegsbemalung des Nordens trug. In den Händen hielt er eine mit Schnitzereien versehene Keule. Der Mann sah erst Khorgo an, dann nickte er anerkennend und sprach: „Du bist ein guter Kämpfer, Ostling, du hast im Heer Majunays gedient, nicht wahr? Eure Technik ist bemerkenswert und effektiv. Aber ein guter Krieger weiß, wann er sich zurückzuziehen hat. Du hättest fliehen sollen."

„Niemals", knurrte Khorgo. „Nicht vor einer plündernden und mordenden Horde wie euch!"

Die Wiedergeburt

Nun sah der Fremde Larkyen lange und durchdringend an. Sie waren sich schon einmal begegnet, vor vielen Tagen, am Kharasee.

„Der Sohn der schwarzen Sonne", zischte Wargulf. „So trifft man sich wieder!"

„Du wirst Larkyen nicht bekommen", rief Khorgo und stürzte sich auf Wargulf. Der Kedanier überragte Khorgo um fast zwei Köpfe und bewegte sich trotz seiner beeindruckenden Größe schnell und geschickt. Er wich Khorgos Hieben aus, und schlug er mit der Keule zu, parierte Khorgo. Der Kampf des Kedaniers gegen den geübten Soldaten Majunays sollte dennoch nicht lange dauern. Ein schwerer Keulenhieb schlug Khorgo den Säbel aus der Hand und streifte seine Stirn. Mit einer blutenden Wunde sank der Krieger zu Boden.

Nun war es Larkyen, der Wargulf attackierte. Der Kedanier hatte Larkyens Klingenhieb jedoch vorausgeahnt und empfing ihn mit einem gewaltigen Schlag seiner Keule, der Larkyen mitten ins Gesicht traf. Die Welt vor seinen Augen färbte sich rot. Der Hieb hätte jeden anderen Mann augenblicklich zerschmettert. Larkyen aber stand noch immer.

Er war der Bewusstlosigkeit nahe, der Griff des Schwertes entwand sich seinen Fingern, und die Waffe fiel herab. Als Larkyen mit zitternden Händen nach seinem Kopf tastete, spürte er zu seinem Erschrecken inmitten eines warmen Blutstroms lose Schädelsplitter. Der Schmerz war unerträglich und lähmte seinen Verstand, doch spürte er auch, wie sein Körper sich sofort wieder heilte und der Blutstrom versiegte.

Aus vielen Kedanierkehlen drangen nun ungläubige Rufe. Sie konnten nicht fassen, was sie da erlebt hatten.

„Bemerkenswert", sagte Wargulf, der als einziger unter den Nordmännern die Ruhe bewahrt hatte. „Hiermit ist der Beweis erbracht, dass du wahrlich der bist, den unser Herr begehrt. Dein Name ist also Larkyen. Du hast gut gekämpft, Kentare, mir aber bist du nicht gewachsen!"

Mehrere starke Hände packten Larkyen zugleich und rissen ihn zu Boden. Die Kedanier warfen sich mit ihren schweren Leibern auf ihn. Mit ihrem Gewicht pressten sie seinen Körper in den feuchten Waldboden. Unfähig, sich zu bewegen, spürte Larkyen ihren heißen Atem in seinen Nacken. Er mochte stark sein, doch dieser Gewalt war er nicht gewachsen. Die Nordmänner fesselten ihn mehrfach mit dicken Tauen, so straff und fest geschnürt, dass sie seine Haut zerschnitten. Selbst unter größter Anstrengung war es ihm nicht möglich, sich zu befreien.

Wargulfs dröhnende Stimme schallte im Befehlston durch den Wald: „Bringt die beiden zum Lager. Doch gebt mir Acht, dass das Kind der schwarzen Sonne unversehrt bleibt, sonst wird Boldar auch euer Blut kosten. Heute ist ein guter Tag. Und unser Herr, soll mit uns zufrieden sein."

Nun würde Larkyen bekommen, wonach ihm verlangte – er würde Boldar Mann zu Mann gegenüberstehen.

Die Kedanier hoben Larkyen und den bewusstlosen Khorgo, dessen Hände ebenfalls gefesselt waren, auf ihre Pferde. Sie verließen das Tal. Larkyen sah zurück auf die schneebedeckten Bergspitzen und wusste, dass er nie wieder zu Ojuns Jurte zurückkehren würde. Jener Ort war zusammen mit dem Schamanen gestorben.

Die Kedanier ritten den ganzen Nachmittag über. Nun war es Abend, und die rote Sonne versank bereits hinter einem Wolkenschleier, als die Reiter zum ersten Mal eine Rast einlegten.

Als sie Khorgo vom Rücken des Pferdes hievten, zeigte der Majunay noch immer keinerlei Regung. Sie ließen ihn zu Boden fallen.

Die Wiedergeburt

Larkyen behandelten sie um einiges zuvorkommender. Trotz seiner Selbstheilungskräfte schien kein Nordmann verantworten zu wollen, dass er auch nur einen weiteren Kratzer abbekam.

Er durfte sich neben Khorgo setzen, seine Fesseln musste er anbehalten. Besorgt musterte er die Wunde an der Stirn der Majunay. Sanft stieß er ihn mit den Füßen an. Khorgo erwachte nur langsam.

„Bei den Göttern, Ojun ist tot", flüsterte er und schüttelte den Kopf, als könne er seine eigenen Worte nicht fassen.

Larkyen seufzte. „Der Schamane vertraute so sehr auf seine Götter, und doch konnten sie ihm im Angesicht des Todes nicht helfen."

„Ich bin mir sicher, dass sich Ojun so etwas nie von ihnen erhofft hat. Die Götter waren dem alten Mann stets nahe, und er bekam alles Wissen, das er sich von ihrer Nähe erhoffte. Der Schamane war tödlich verwundet, aber den Tod selbst empfing er durch dich. Ich weiß nicht viel über euch Kinder der schwarzen Sonne, nur was Ojun mir bereit war zu erzählen. Aber was ich gesehen habe, war unheimlich und wider die Natur. Du hast das Leben aus ihm herausgesogen ... durch deine bloße Berührung."

„Wisse, ich habe es nicht gern getan, aber er bat mich darum. Er wollte, dass ich seine Kraft in mich aufnehme, und tatsächlich fühle ich mich seitdem noch stärker."

„Ich habe deine Kampfkraft gesehen – nun bist du ein Krieger! Aber du bist noch etwas anderes, was zu Recht Furcht verbreitet."

Khorgo schien Larkyen von nun an nicht mehr als menschliches Wesen zu erkennen, und der Blick, mit dem der Majunay ihn ansah, zeugte von einer Mischung aus Respekt und Furcht. Vielleicht würde Larkyen sich daran gewöhnen müssen.

Die Wiedergeburt

„Verdammt, nicht ein Wort hat Ojun davon gesagt, dass du das Leben frisst", fuhr Khorgo mit plötzlicher Verärgerung fort.

„Wärst du denn sonst weiter bei uns geblieben?"

„Ich weiß es nicht." Khorgo bemühte sich um Selbstbeherrschung. „Der alte Sonderling wusste vermutlich schon, warum er es mir vorenthielt und wie ich darüber denken würde."

„Dann bitte ich dich, akzeptiere, wer und was ich bin, denn auch ich selbst akzeptiere es nun voll und ganz!"

Khorgo sah Larkyen an, als versuche er in seinem Gesicht das eines Monsters zu erkennen. Dann sagte er: „Trotz allem scheinst du die größte Hoffnung zu sein." Und mit einem Seufzen fuhr er fort: „Und doch scheinst auch du nun an deine Grenzen gestoßen zu sein. Ich hätte dich besser beschützen müssen."

„Dich trifft keine Schuld."

„Ich glaube, wir wurden schon seit dem ersten Besuch der Kedanier bei der Jurte beobachtet. Die Bogenschützen, die Ojun niederschossen, waren Kaysaren. Das ist ein Stamm von Jägern, die in den bewaldeten Hängen der nördlichen Ausläufer des Altoryagebirges leben. Sie haben einst, vor langer Zeit, die Fähigkeit entwickelt, sich ihrer Umgebung anzupassen und für die Augen anderer unsichtbar zu bleiben. Für gewöhnlich bleiben sie unter sich, aber die uns angriffen, scheinen Abtrünnige gewesen zu sein. Anders kann ich mir nicht erklären, dass sie mit dieser Horde umherziehen. Ich glaube, die Kaysaren blieben nach Abzug der Kedanier ganz in der Nähe von Ojuns Jurte, um uns auszuspähen. Wer weiß, wie nahe sie dir kamen, ohne dass du es bemerktest. Mit Sicherheit nahe genug, um das Mal an deiner Hand zu erkennen. Als sie sicher waren, dich gefunden zu haben, holten sie Verstärkung."

„Ah, der Soldat ist erwacht!"

Die Wiedergeburt

Die laute Stimme Wargulfs ließ Larkyen zusammenfahren.

Der Hüne trat auf sie zu, in der einen Hand Khorgos blanken Säbel, in der anderen ein schlichtes kedanisches Breitschwert. Wargulfs Blicke wanderten über das blanke, makellose Metall der Majunayklinge.

„Eine gute Schmiedearbeit" sagte er. „Zu tadellos, um den Stahl einfach im Dreck liegen zu lassen. Wie viele Männer wurden wohl davon erschlagen? Wie vielen Kedaniern brachtest du damit den Tod? Nur wenige verstehen es, solch eine Klinge zu schmieden. Ihr Majunay beherrscht diese hohe Kunst wie kein anderes Volk."

Beinahe abschätzig ließ Wargulf das kedanische Schwert sinken. Schon die Blutreste und Rostspuren an jener Klinge zeigten Larkyen, wie sehr sich die Kulturen der Kedanier und Majunay voneinander unterschieden. Während für die Majunay das Schwert neben seiner Eigenschaft als Waffe auch ein Kunstwerk und das Symbol einer Kriegerkaste darstellte, das es respektvoll zu pflegen galt, war es für die Kedanier lediglich Mittel zum Zweck.

Wargulfs bemaltes Gesicht teilte ein triumphierendes Grinsen.

„Der Kriegsgott Nordar blickt von seinem Berg aus Eis und Schnee auf uns herab", erklärte er und fuhr an Khorgo gerichtet fort: „Und du, Soldat, hast die Gegebenheiten gut erkannt. Ich habe gehört, wie du sagtest, einige Kaysaren hätten sich meinem Herrn angeschlossen. Genau so ist es, und weitere werden folgen. Sie kämpfen für uns, und Boldar versprach ihnen sogar einen Teil der großen Beute, wenn Dakkai eingenommen ist."

„Ihr seid wahnsinnig", gab Khorgo zurück. „Hat es noch nicht genug Krieg in der Welt gegeben?"

„Kriege gab es schon immer, sie sind Teil des Lebens. Als sich im Westen die gewaltigen Heere gegenüberstanden und einen Teil der Welt erbeben ließen, lebtet ihr in Majunay fast völlig in Frieden. Nun trifft euch der Hammerschlag mit aller Härte."

Khorgo spuckte verächtlich vor den Kedaniern aus.

Wargulf hingegen lachte spöttisch, dann sagte er: „Diese Welt kann ein harter und grausamer Ort sein, doch nicht, indem wir die Welt hinterfragen, sondern indem wir uns ihren Gegebenheiten anpassen, sind wir befähigt, in ihr zu überleben. Das müsstest du doch wissen, Soldat. Es steht in den Schriften der Kriegskunst des Generals Sandokar, dem Mann, dem du einst unterstandest."

„Belehre mich nicht über Sandokars Schriften!" rief Khorgo. „Aber du weißt viel, Kedanier. Du kennst sogar die Kampftechnik der Armee Majunays, doch woher nimmst du dieses Wissen? Hast du schon einmal gegen uns gekämpft?"

„Ja! Ich war noch sehr jung, als ich Kedanien verließ. Mein Weg führte mich zu vielen Kriegsschauplätzen, ich kämpfte als Söldner im Westen, und ich diente in einem Heer mit den Zhymaranern. Kedanier und Zhymaraner kämpften Seite an Seite am Rande der Steinwüste Khezzar gegen Sandokars Armee."

„Jenes Zweivölkerheer, das versuchte, zur Stadt Dakkai vorzurücken? Ich selbst nahm an jener Schlacht teil, wir haben euch vernichtend geschlagen."

„So ist es geschehen." Wargulfs Finger strichen über die gebogene Klinge von Khorgos Säbel. „Wir wurden besiegt, noch ehe die Eroberung beginnen konnte. Und euer vielgepriesener General ließ die Leichname meiner Waffenbrüder an den Grenzen Kedaniens und Zhymaras auftürmen. Welch eine Schmach! Niemals werde ich ihren Anblick vergessen, wie sie da in der Sonne lagen. Krieger, die eigentlich eine ehrenvolle Bestattung verdient hätten, faulten einfach dahin. Dieser Anblick lehrte mich den Hass auf euch und Majunay. Und als ich nach der Niederlage zurück nach Kedanien kehrte, begegnete ich einer Macht, die die stärksten und besten Kämpfer in sich vereinte und mir versprach, ich könne Rache üben!"

„Boldar", zischte Khorgo.

Wargulfs Gesicht wurde ernst, und er sah Larkyen an. Seine Augen blitzten unter dem dunklen Blau der Kriegsbemalung hervor.

„Ja", sagte der Kedanier. „Er, der die endlosen Weiten der Eiswüste Drakkarias im nördlichsten Teil Kedaniens auf der Suche nach dem Kriegsgott Nordar durchquerte. Er, der den einsamen Berg aus purem Eisen entdeckte, auf dem der Kriegsgott auf einem Thron aus Eis und Schnee die tapfersten und mächtigsten Krieger empfängt.

Wer den Mut aufbringt und dem Kriegsgott persönlich gegenübertritt, muss sich in einem Kampf auf Leben und Tod mit ihm messen. Und nur wenn der Kriegsgott den Krieger im Kampf für würdig befindet, lässt er ihn am Leben und überreicht ihm eine Waffe, die allen anderen Waffen überlegen ist. Boldar war der einzige unter Tausenden von Kriegern aus aller Welt, der sich als würdig erwies. Er ist der stärkste aller Krieger, er ist der Träger von Nordars Schwert.

Nun, Sohn der schwarzen Sonne, du befindest dich wieder in der Situation, die dir zugedacht ist. Gefesselt und auf Boldar wartend. So lautet dein Schicksal, so soll es geschehen. Mit Majunay wird es beginnen, und der Rest der Welt wird folgen."

„Ihr Kedanier habt allesamt den Verstand verloren", keuchte Khorgo ungläubig.

„Glaube was immer du willst, Soldat. Wir haben unsere Ziele nie zuvor so klar und deutlich vor uns gesehen."

Und mit diesen Worten verließ Wargulf die beiden Gefangenen wieder.

Die anderen Kedanier hatten inzwischen loses Holz zusammengetragen und entzündeten ein Feuer, an dem sie sich niederließen. Nur wenig drang von der Wärme zu Larkyen und Khorgo hinüber. Feiner Regen tränkte ihre Kleidung, die bald schon schwer an ihnen klebte. Der Nachtkälte ausgeliefert, kauerten sie sich aneinander, um sich gegenseitig zu wärmen.

„Sollten wir uns doch noch irgendwie befreien können und erneut gegen diese Barbaren kämpfen, dann gehört Wargulf mir."

„Dann überlässt du den ganzen Rest also mir allein?"

„Du hast dir dein bisschen Humor gut bewahrt. Verdammt, mein Junge, ich hoffe, ich werde erleben, welche gewaltige Kraft in dir steckt und wie du diese Dreckskerle niedermachst."

Die Hoffnung in seiner Stimme verriet Larkyen, dass der Krieger jenen Moment der Offenbarung wirklich herbeisehnte. Und Larkyens Wunsch, all diese Nordmänner zu töten und die Weiten der Steppe endlich von ihnen zu befreien, war unbändig.

Jene Worte über die Grausamkeit der Welt, die Warwulf aus den Schriften Sandokars zitiert hatte, waren nur allzu logisch. Larkyen begriff, dass die Menschen, die er geliebt und geschätzt hatte, nur gestorben waren, weil sie sich den Gegebenheiten der Welt nicht anpassen wollten. Nur zu schnell ereilte der Tod die Friedfertigen und Unbewaffneten. Die Gesetze der Natur waren zweifellos grausam, und die Tiere, die in ihrem Reich lebten, duldeten keinerlei Schwäche.

„In der Natur gibt es immer einen, der stärker ist", flüsterte Larkyen in die Nacht. Diese Worte waren für ihn Licht und Trost. In einer Welt, die allein die Starken akzeptierte, musste er der Stärkste von allen sein.

Endlich brachen die ersten Sonnenstrahlen durch die Wolkendecke. Mit dem Tag kam zumindest ein klein wenig Wärme.

Die Kedanier nahmen ein kurzes Mahl zu sich, und einer der Nordmänner warf ihnen ein paar Stücke getrocknetes Fleisch zu, das sie gierig verschlangen. Ein anderer gab ihnen Wasser. Dann setzten sie ihren Ritt fort.

Die Wiedergeburt

Kapitel 7 – Die Ufer des Schicksals

Ein voller Tag verstrich, während sie die hügeligen Ausläufer des Altoryagebirges durchquerten. Die Kedanier legten keine weitere Rast ein. Erst zum Abend hin, führte ihr Weg hinab in die Steppe. Larkyen konnte bereits die Oberfläche des riesigen Kharasees erblicken.

Sie näherten sich dem Ufer, wo die hohen Schilfhalme sich im Winde wiegten und im flachen Gewässer einige Enten schwammen. Als die kedanischen Pferde herantrotteten, flüchteten sie sich zwischen das Schilf.

Larkyen sah sich um. Hier war in glücklicheren Tagen das Lager der Yesugei gewesen. Er betrachtete die halb verfallenen und niedergebrannten Überreste der Jurten. Die dazwischen verstreuten Leichname der Nomaden boten einen schauerlichen Anblick. Süßlich-beißender Verwesungsgestank stieg von ihnen auf. Längst hatten die Toten den Aasvögeln und Raubtieren als Nahrung gedient, und auch Sonne, Wind und Wetter hatten an ihnen gezehrt.

Am meisten aber erschreckten Larkyen die mehr als ein Dutzend abgeschlagenen Köpfe, die auf spitzen Pfählen in einem weiten Kreis angeordnet waren. Die Opfer Boldars – ihr Blut hatte der Bestie vorzügliche Nahrung geboten.

Unbekümmert ritten die Nordmänner an dieser Stätte des Grauens vorbei. Das blutige Werk an diesen Ufern war nur eines von vielen, dessen war sich Larkyen bewusst.

Im letzten Licht des Tages ritten die Kedanier mit Larkyen und Khorgo weiterhin am Ufer entlang. Doch ihr Weg sollte schon bald enden. In kurzer Entfernung erhellten flackernde Feuer den Abend. Der dichte Rauch, der von ihnen hochstieg, verriet Larkyen, dass nasses Holz verwendet worden war. Die Kedanier hatten keinerlei

Bedenken, so auf sich aufmerksam zu machen. Wen oder was hatten sie schon zu fürchten?

Je näher sie kamen, umso deutlicher vernahm er laute Gesänge, von tiefen männlichen Chören vorgetragen, und sie handelten von Eroberung und Krieg, von Kampf und Sieg.

Er wurde auf seinem Pferd zur kedanischen Lagerstätte geführt. Scharenweise hießen die Nordmänner Wargulf den Starken willkommen und lobten ihn für die Erfüllung seines Auftrags.

Als die Kedanier jedoch Khorgo sahen, stürmte ein wütender Mob auf das Pferd des gefesselten Kriegers zu. Sie beschimpften und bespuckten den Majunay. Manche schrien gar nach Rache für die einst von General Sandokar errichteten Leichenberge an der Grenze Kedaniens.

Nur zu gern hätten die Nordmänner den einstigen Soldaten Majunays an Ort und Stelle getötet. Dass sie es nicht taten, geschah wohl einzig und allein auf Befehl von Boldar der Bestie.

Larkyen sah sich nervös unter den Kedaniern um, und Furcht beschlich sein Herz. Es mochten um die hundert Krieger sein – weitaus mehr, als damals in der Steppe. Doch wo war Boldar, der einäugige Riese, der selbst unter einem Heer seiner Landsleute hervorstechen würde? Einem Gespräch zweier Kedanier entnahm Larkyen, dass die Bestie vor fünf Tagen mit einigen Männern in Richtung Westen aufgebrochen war, um im Gebirge mit den Kaysaren über ein Bündnis zu verhandeln. Doch noch in dieser Nacht, so hieß es, würde er mit fünfzig Kaysaren zurückkehren.

Larkyen wusste, dass Boldar die Kaysaren dazu benutzen wollte, endlich die Stadt Dakkai einnehmen zu können. Die unsichtbaren Jäger würden unbemerkt in die Stadt gelangen und alles für Boldars finalen Angriff vorbereiten.

Die Wiedergeburt

Die Kedanier zerrten Khorgo von seinem Pferd. Der Mann, der dem Land Majunay tapfer gedient hatte und dessen Auftreten voller Erhabenheit gewesen war, bot nun einen erbärmlichen Anblick. Sein Gesicht war wund von den vielen Schlägen, die er hatte einstecken müssen, seine Haare und sein Bart trieften vom Speichel der Nordmänner, und seine Kleidung war zerfetzt.

Starke Hände packten nun auch Larkyen und rissen ihn brutal vom Pferd. Ein fülliger Mann mit kahlem Schädel und dicken Goldringen in den Ohren blickte Larkyen mit wuterfüllten Augen an.

„Darauf habe ich gewartet!" Seine wulstige Hand wollte gerade zum Schlag ausholen, als ein lautes „Halt" aus dem Mund von Wargulf ihn innehalten ließ.

Wargulf stürmte auf Larkyen und den fleischigen Glatzkopf zu. „Das Kind der schwarzen Sonne gehört allein Boldar! Niemand soll es wagen, diesen Gefangenen anzurühren. Er besitzt außergewöhnliche Kräfte!" Dann sprach er in ernstem Tonfall zu Larkyen: „Das ist Neloy, und sein Zorn auf dich ist gerecht. Als du uns entkamst, hast du seinen Bruder feige mit einem Stein erschlagen. Für einen Kedanier gibt es jedoch nur einen ehrenhaften Tod, und zwar den Tod im Kampf. Die Männer, die du im Wald vor eurer Gefangennahme getötet hast, starben den Tod eines Kriegers. Neloys Bruder aber starb ohne Ehre. Der Kriegsgott Nordar blickt wegen dieser Tat mit Abscheu auf dich herab, junger Larkyen."

„Und was ist mit euch, die ihr Unbewaffnete tötet?" rief Larkyen empört. „Ihr Kedanier wagt es, von Ehre zu sprechen? Ihr sprecht von der Ehre im Krieg, doch was ist mit all jenen, die unter den Gräueln des Krieges leiden müssen?"

Er spuckte vor dem Kedanier aus.

„Die Ehre im Krieg gebührt einzig und allein den Kriegern", sagte Wargulf.

Die Wiedergeburt

„Ihr seid nur eine Horde feiger Mörder, nichts weiter...“

„Wir tun, was wir tun müssen, um unser erstes großes Ziel zu erreichen, und zwar ganz Majunay einzunehmen“, erwiderte Wargulf.

„Niemals!“ zischte Khorgo.

„Das Leben in dieser Welt ist nichts als ein großer Kampf!“ fuhr Wargulf einzig an Larkyen gerichtet fort. „Und was deine Unversehrtheit anbelangt, so bewahrt allein der Befehl unseres Herrn Boldar dich vor dem Gefecht gegen Neloy. Das gilt aber nicht für deinen Freund, den Soldaten. Er wird an deiner Statt kämpfen. Und anders als in deinem Fall, bedarf es keiner magischen Waffe, ihn zu töten.“

Wargulfs bemaltes Gesicht überzog sich mit einem schadenfrohen Grinsen. An Neloy gerichtet, fügte er lachend hinzu: „Lass deinen Zorn an dem Majunay aus! Im waffenlosen Zweikampf zu Nordars Ehren!“

Obwohl Neloys Blick auch weiterhin auf Larkyen haftete, schien der Kedanier sich über diese Gelegenheit trotzdem zu freuen.

„Lass den Kentaren beim Kampf zusehen“, bat Neloy. Er zwinkerte Larkyen zu. „Er soll sehen, wie ich seinen schlitzäugigen Freund zerreiße.“

„Nein!“ Larkyen versuchte sich aufzubäumen, wurde jedoch vom festen Griff Wargulfs zu Boden gehalten.

„Ihr wollt doch nur mich!“ schrie Larkyen. „Lasst ihn gehen!“

„Nein“, rief Khorgo den Kedaniern entgegen. „Ich kämpfe für Larkyen!“

Für einen Moment gelang es Khorgo, sich Larkyen zu nähern, und er flüsterte ihm zu: „Mann gegen Mann, das bedeutet: Gleichstellung – Sie werden mir die Fesseln aufschneiden und das wird ihnen zum Verhängnis werden. Wenn ich den Kedanier getötet habe, verhelfe ich dir zur Flucht. Wir versuchen zu den Pferden zu gelangen, und falls dies nicht möglich ist, bleibt uns immerhin der See. Du kannst doch schwimmen, oder?"

Larkyen nickte.

„Denk an das, was ich dich gelehrt habe."

Obwohl der Plan des Majunay im ersten Augenblick nach Größenwahn klang, wusste Larkyen dennoch, dass Boldars Abwesenheit für sie von Vorteil sein würde.

Indessen trat Wargulf vor seine Waffenbrüder und hob sein Schwert triumphierend in den Sternenhimmel.

„Gott Nordar", rief er. „Erhöre meine Worte, und blicke von deinem eisigen Thron im Norden auf uns herab. Sieh dir den Zweikampf an, der dir zu Ehren in dieser Nacht geführt wird. Er soll Sinnbild der Unterwerfung Majunays durch Kedanien sein.

Wir, die Söhne Kedaniens, sind es, die in deinem Namen kämpfen und in deinem Namen sterben. Dein Geist ist in unseren Herzen und im Stahl unserer Klingen. Deine Kraft ist in unseren Leibern, und deine Gnadenlosigkeit ist auch die unsrige. Nordar, Gott des Krieges, der du uns Boldar gesandt hast, um Kedanien zur Macht zu verhelfen: Den Starken möge die Welt gehören, und die Schwachen mögen des Todes sein. Möge das Blut unserer Feinde in deinem Namen fließen. Heil Nordar!"

„Heil Nordar!" fielen die anderen Kedanier ein. Noch ehe die letzten Rufe im Dunkel der Nacht verhallten, begannen die Kedanier eine düstere Melodie zu singen, ganz anders als die harmonischen Gesänge der Nomaden, denen Larkyen einst an den abendlichen Lagerfeuern der Yesugei zu lauschen pflegte. Tiefe und kehlige Stimmen berichteten von den Kriegen der Vergangenheit und Gegenwart Kedaniens, und beschworen ein Reich unter einem König Boldar.

Noch ehe der Gesang verklungen war, schrien die ersten Kedanier bereits nach dem Zweikampf.

Die Wiedergeburt

Larkyen bebte vor Nervosität. Er lauschte dem heftigen Schlag seines Herzens, sein Atem ging schneller, und er sammelte allen Mut, um im rechten Augenblick wie ein Krieger handeln zu können.

Im Schein eines Feuers hatten viele Kedanier bereits einen Kreis gebildet, weitere gesellten sich hinzu, mehrere hielten Fackeln in den Händen und erleuchteten die Szenerie. Trinkhörner wurden emporgestoßen und abermals der Kriegsgott gepriesen.

Wargulf trieb Larkyen vor sich her und verharrte mit ihm zwischen den Männern am Rande des Kreises. Er trat ihm von hinten in die Kniekehlen, ächzend sackte Larkyen zu Boden. Mit festem Griff umklammerten die Finger von Wargulfs großer Hand sein Genick.

„Zu Ehren des Kriegsgottes, dessen Augen die feige Schmach dieses Kentaren aus dem Westen erblicken mussten, soll in dieser Nacht sein Gefährte an seiner Statt im Kampfe Mann gegen Mann sterben. Neloy, dessen Bruder von Larkyen hinterhältig gemeuchelt wurde, hat das Recht, diesen Kampf zu leiten."

Neloy trat aus der Menge in die Mitte des Kreises. Er schlug sich mit der Faust auf die breite Brust und brüllte: „Für Nordar und meinen Bruder Taloy!"

„Bringt den Soldaten!" rief Wargulf, und zwei Kedanier, die Khorgo an den Armen gepackt hielten, schafften ihn in den Kreis.

Larkyens Blick traf den des Majunay, und ihn durchfuhr das Gefühl eines Déjà-vu. Er erinnerte sich daran, wie er hatte zusehen müssen, als sein Freund Endrit sich in den Händen der Kedanier befand. Doch diesmal waren die Gegebenheiten anders. Khorgo wusste, wie man kämpfte, und Larkyen hatte gelernt, dass eine gute Technik in der Schlacht mehr ausrichten konnte als rohe Leibeskraft.

Khorgos Fesseln wurden aufgeschnitten, und kraftvoll

stießen ihn die Kedanier in den Kreis.

„Möge der Kampf beginnen!" brüllte Wargulf.

Mit Gebrüll stürmte der fleischige Neloy auf Khorgo zu. Der Majunay reagierte trotz seiner schlechten körperlichen Verfassung noch immer schnell genug. Er wich einem ersten Faustschlag des Angreifers aus, indem er sich duckte, dann ging er selbst zum Angriff über und trat dem Kedanier mit dem Stiefel in die linke Kniekehle. Neloys Bein knickte ein. Nur einen Wimpernschlag später folgte ein Streich mit der Handkante gegen Neloys Hals.

Nach Luft ringend hielt sich der völlig überraschte Kedanier die Hand an die Kehle. Khorgo gewährte ihm keine Pause und brach seinem Gegner mit einem weiteren Handkantenstreich die Nase. Ein schräg von unten geführter Faustschlag in Neloys Gesicht trieb dem Nordmann die Splitter seiner eigenen Nase ins Schädelinnere. Er starb auf der Stelle, kippte mit blutüberströmtem Gesicht nach vorne und blieb mit dem Gesicht im Schmutz liegen.

Wargulf und die vielen Kedanier waren sprachlos.

Larkyen atmete erleichtert auf, und ein Lächeln der Genugtuung huschte über seine Mundwinkel. Er nickte Khorgo zu, und der Majunay nickte zurück. Es war soweit.

Alles geschah so schnell, dass kein Kedanier hätte rechtzeitig reagieren können. Khorgo stürmte auf den am nächsten stehenden Krieger zu, rammte ihm den Ellbogen in den Bauch und riss dem sich krümmenden Mann das Schwert aus der Scheide. Mit mehreren gut gezielten Streichen fällte er vier Männer. Dann zielte Khorgo mit dem Schwert auf Wargulf und traf ihn direkt in die Schulter. Wargulf stieß einen langgezogenen Schrei aus, der von Schmerz und Wut gleichermaßen kündete. In diesem Moment ließ sich Larkyen vornüber zu Khorgo rollen, der ihm die auf den Rücken gefesselten Hände befreite.

Larkyen ergriff das Schwert eines Toten. Und Seite an Seite stürmten die beiden in die Reihen der Nordmänner und schlugen sich den Weg frei.

„Bringt mir den Sohn der schwarzen Sonne!" rief Wargulf seinen Männern zu, und Larkyen glaubte in der bebenden Stimme des Kedaniers so etwas wie aufkeimende Besorgnis zu vernehmen. Sei es wegen Boldar, der über dieses Ereignis höchst erzürnt sein würde, oder wegen Larkyens Überlegenheit auf Grund der Kräfte, über die seinesgleichen verfügte.

Tatsächlich versuchten die meisten Kedanier seine Schläge nur noch zu parieren anstatt sie zu erwidern. Sie griffen nach ihm und gierten danach, ihn mit ihren großen Händen endlich packen zu können. Mehr als einem Nordmann trennte Larkyen mit dem Schwert den Arm ab.

Khorgo hatte währenddessen ein weiteres Schwert an sich gerissen und hielt nun in beiden Händen kedanischen Stahl. Er begann einen tödlichen Tanz auf, dem kein Feind gewachsen schien.

Plötzlich erklang das schwere Getrappel von Hufen, eine Woge von ehrfurchtsvollem Schaudern suchte die Reihen der Kedanier heim. Dutzende neue Nordmänner galoppierten auf ihren Pferden in das Lager. An ihrer Seite ritten die Kaysaren, deren schmale Leiber klein gegen die Barbaren des Nordens erschienen. Ihr Volk war also tatsächlich ein Bündnis eingegangen.

Auf einem der größten Pferde sah Larkyen eine riesenhafte Gestalt, deren schwarze Silhouette sich vor den Feuern abzeichnete. Der Gigant stieg vom Pferd und ging mit großen Schritten, die den Steppenboden zum Dröhnen brachten, zwischen seinen Landsleuten hindurch. Als er im Licht der Fackeln stand, erkannte ihn Larkyen und erschrak. Endlich stand er Boldar der Bestie gegenüber. Der Anführer der kedanischen Eroberer überragte Larkyen beinahe um vier Köpfe. Sein muskulöser Körper steckte in einer Kettenrüstung, die seine breite Brust eng umspannte, und schwere Stahlpanzer, gespickt mit Nieten, schützten seine Schultern. Sein einziges Auge blickte gierig auf Larkyen herab. Boldar sprach kein Wort, sondern zog aus einer metallenen Scheide ein langes Schwert, dessen Klinge wie silbernes Eis blitzte. Es war jene sagenumwobene magische Waffe, die dem Anführer einst vom Kriegsgott Nordar überreicht worden war.

Boldar stürmte auf Larkyen zu, und sein Schwert durchschnitt die Luft mit einem Fauchen. Larkyen jedoch rollte sich unter der heransausenden Klinge ab und schlug nun selbst mit dem Schwert nach seinem Gegner, doch der Streich fegte lediglich über die Oberfläche von Boldars Kettenrüstung. Der nächste Angriff mit Nordars Schwert erfolgte in einem tiefen Winkel, und nur knapp konnte Larkyen mit seinem Schwert parieren, dessen Klinge von dem Hieb durchtrennt wurde.

Boldar machte einen drohenden Schritt auf den Sohn der schwarzen Sonne zu und sprach mit tiefer Stimme, die bedrohlich wie Donner klang: „Dein Blut ist mein!"

In diesem Moment spürte Larkyen den festen Griff einer Hand auf seiner Schulter, die ihn aus dem Umkreis des Riesen zog.

„Wir müssen fliehen!" rief Khorgo, der noch immer gegen anstürmende Kedanier kämpfte; und Larkyen erinnerte sich daran, dass ein guter Krieger immer wusste, wann er sich zurückziehen sollte.

Larkyen rannte über das feuchte Seeufer, mehr als einmal versanken seine Stiefel im Schlamm. Er wusste Boldar unlängst auf seinen Fersen.

„Ins Wasser, na los!" drängte der Majunay. „Ich halte ihn auf."

Khorgo stand bereits zwischen hüfthohem Schilf, erschien im Angesicht der Bestie wie ein Kleinkind. Er warf Boldar sein Schwert in einer schnellen Drehung wie einen Speer entgegen, danach duckte er sich ins Schilf.

Der Schwertwurf war ungezielt und diente allein der Ablenkung. Der Anführer der Kedanier hieb mit seiner Waffe durch die Schilfhalme, doch der Majunay hatte bereits genügend Abstand gewonnen. Bäuchlings warf er sich ins tiefere Gewässer und tauchte unter. Larkyen holte tief Luft und tat es ihm gleich. Schwarze Dunkelheit und die eisige Kälte des Kharasees umgaben ihn. Er fühlte, wie Khorgos Hand sich um seine schloss und ihn mit sich zog. Als die Luft in seinen Lungen aufgebraucht war und er in Panik geriet, besann er sich darauf, dass er nicht ertrinken konnte. Insgeheim verspottete er sich selbst und ließ das kalte Wasser in seine Lungen strömen. Erst würgte er und wand seinen Körper in der dunklen Kälte, dann jedoch wurde er immer ruhiger und tauchte immer tiefer. Khorgo hatte längst an die Oberfläche tauchen müssen. Larkyen folgte ihm, peinlich darum bemüht, beim Auftauchen kein Plätschern zu verursachen.

Am Himmel über ihnen stand ein voller Mond, dessen fahles, von Wolken umflortes Licht sich nur schwach und unwirklich auf dem Wasser spiegelte.

Larkyen und Khorgo blickten zum Ufer zurück. Inmitten der vielen Feuer konnte man die Silhouetten der Kedanier erkennen, und zwischen ihnen ragte, wie eine mächtige Eiche auf einer Lichtung, Boldar die Bestie auf. Obwohl Larkyen wusste, dass der Gigant ihn hier draußen unmöglich sehen konnte, wähnte er sich keinesfalls in Sicherheit.

Sie schwammen weiter, und erst als das Lager der Nordmänner nur noch ein flackernder Punkt in der Ferne war, beschlossen sie, an Land zurückzukehren.

Schon bald spürte Larkyen felsigen Grund unter seinen Füßen, der sich zum Ufer hin steil erhöhte und in einen breiten Kamm zerfurchter Felsen mündete, den sie erklimmen mussten. Die dahinter wachsende Reihe lichter Bäume und Sträucher, deren Wurzeln sich im Laufe vieler Jahrzehnte im Gestein verankert hatten, würde ihnen zumindest eine Nacht lang Schutz vor Wind und Wetter bieten.

Khorgo schlotterte schon vor Kälte und stützte sich keuchend gegen einen Baumstamm. Er war am Rand seiner Kräfte, während Larkyen das Wetter und die Anstrengungen um ein vielfaches leichter ertrug.

„Du solltest dich ausruhen, Soldat", riet er.

„Hab nichts dagegen", brummte Khorgo.

Larkyen sammelte Holz vom Boden und legte es in eine tiefe Senke zwischen den Felsen. Das meiste davon war feucht, dennoch schaffte er es, durch das stetige Aneinanderreiben zweier Äste ein kleines Feuer zu entzünden. In der Senke waren die Flammen vor Wind und der Aufmerksamkeit der Kedanier am anderen Ufer geschützt. Khorgo kauerte vor den spärlichen Flammen, rieb sich die Muskeln warm.

„Danke", sagte er bibbernd. „Du hast heute gut und mutig gekämpft. Wenn ich da an meiner allererste Schlacht zurückdenke … Beinahe hätte ich mir damals in die Hose gemacht. Kannst also stolz auf dich sein."

„Aye, doch gegen die Bestie war ich nicht stark genug. Vielleicht hattest du recht, als du zu mir sagtest, es sei Wahnsinn, mir diesen Kampf herbeizusehnen. Ich nannte dich an jenem Tag einen Feigling. Das war töricht von mir."

„Es war nicht unbedingt töricht", sagte Khorgo, „Wenn ihn einer besiegen kann, Larkyen, dann du: Der Sohn der schwarzen Sonne. Ich habe noch nie jemanden so kämpfen sehen wie dich, du ertrugst Verletzungen und Schläge, bei denen jeder andere Mann ausgeblutet wäre. Aber du bist am Leben und stehst vor mir in der Kälte der

Die Wiedergeburt

Nacht, während ich alter Veteran am Feuer sitze und mir die Knochen wärme."

„Sicher suchen die Kedanier schon nach uns."

„Heute nicht mehr", erklärte Khorgo. „Sie hatten einige Verluste zu beklagen, und Boldar weiß nun um unser beider Kampfkraft. Er wird sich hüten, seine Männer blindlings in die Nacht hinauszujagen. Selbst die erfahrenen Kaysaren nicht. Er braucht jeden einzelnen von ihnen für sein großes Ziel."

„Ich denke, die Kaysaren wissen längst, wo wir sind. Es gibt nicht viele Plätze am Kharasee, die Schutz davor bieten, gesehen zu werden, außerdem werden sie einschätzen können, wie weit wir ungefähr geschwommen sind."

„Die Bestie wird den morgigen Tag abwarten, dann werden ihre Männer das Ufer absuchen und früher oder später hierher gelangen. Wir aber werden sie erwarten."

„Du denkst an einen Hinterhalt?"

Der Majunay nickte.

„Dieser Ort", sagte er. „scheint dafür der geeignete Platz zu sein, und die Bäume bieten genug Möglichkeiten für den Bau von Menschenfallen. Wir werden die Kedanier mitsamt ihren Verbündeten gebührend empfangen!"

Während Larkyen im Lichtschein eines brennenden Astes die Umgebung erkundete, gönnte sich Khorgo noch etwas Erholung. So zäh und ausdauernd der Majunay auch war, so war er eben doch nur ein Mensch. Die Kedanier hatten ihn während seiner Gefangennahme nur mäßig mit Speise und Trank versorgt. Doch ungeachtet seines Hungers, seiner Schmerzen und seines Mangels an Schlaf würde der kleinere, drahtige Mann einen Gefährten niemals im Stich lassen.

Es dauerte nicht einmal lange, da nahm auch er sich einen brennenden Ast und begleitete Larkyen.

Die Wiedergeburt

Beiden war weder Schwert noch Messer geblieben, doch die Natur würde ihnen alles für ihre Vorbereitungen bieten, was sie brauchten, und ihr Wissen würde ihnen dabei helfen, alle Pläne erfolgreich umzusetzen.

Rasch hatte Larkyen einen flachen Stein entdeckt, den er an den rauen Felsen auf die Schärfe eines Messers zurechtschleifte. Wie Khorgo es ihn gelehrt hatte, schälte er damit die Rinde in schmalen Streifen von den Bäumen und flocht diese zu Seilen. Der Majunay legte damit mehrere Stolper- und Schlingfallen, von denen sie wussten, dass zumindest die Kaysaren sie sofort entdecken würden. Doch vielleicht würde gerade das ihre Feinde von den anderen wesentlich verheerenderen Fallen ablenken.

Larkyen brach lange Äste von den Bäumen und spitzte ihr Ende an den Felsen zu, danach härtete er die Spitzen im Feuer.

Sie arbeiteten die ganze Nacht lang, und erst als sie davon überzeugt waren, ihren Feinden nach allen Seiten hin Hindernisse zu bieten, riet Larkyen dem Majunay, noch etwas Schlaf nachzuholen. Mochte Khorgo auch murren, er wusste genau, dass sein Leib mehr Ruhe benötigte als der von Larkyen.

Der Majunay legte sich nahe ans Feuer, wo nunmehr die letzten Hölzer in der Glut verbrannten. Er schloss die Augen, kurz darauf war er eingeschlafen. Larkyen würde für sie beide Wache halten. Mit seinem Speer stand er hinter einer Gruppe von schroffen Felsen und spähte in die Ferne. Die Feuer der Kedanier brannten noch immer.

Er war hungrig nach Lebenskraft, und seine Gier trieb ihn dazu, die Ankunft des Feindes voll Ungeduld zu erwarten.

Die Wiedergeburt

Kapitel 8 – Der Tag der Bestie

Im Morgengrauen zog Nebel auf, der in feinen Schwaden über den Boden kroch. Am anderen Ufer schwärmten die Kedanier aus. Auch wenn Larkyen ihre Umrisse aufgrund der Entfernung und des Wetters nur undeutlich erkannte, zweifelte er dennoch nicht daran, dass ihre Zahl sich über Nacht vergrößert hatte. Boldar musste seine Krieger in der Vergangenheit auf kleinere Reitertrupps verteilt haben – eine listige Entscheidung, mit der die Bestie weite Teile der Steppe schneller unter ihre Kontrolle bringen konnte. Und viele von ihnen waren nun zu ihrem Herrn zurückgekehrt und boten vereint die Größe einer Armee auf.

Ein kleiner Teil dieser Armee begann sich in Richtung des anderen Ufers zu bewegen. Das Tosen vieler Pferdehufe kam näher.

„Endlich", hauchte Larkyen. „Sie kommen."

Abrupt öffnete der Majunay die Augen. Auf seinen Holzspeer gestützt, erhob er sich langsam. Fröstelnd rieb er sich Arme und Brust.

„In der Schlacht wird dir schon warm werden", scherzte Larkyen. Als er Khorgo von dem Vorstoß weiterer Nordmänner berichtete, weiteten sich dessen Augen.

„Dann treten wir also zu zweit gegen eine Armee an", keuchte er. „Nie hätte ich gedacht, dass ich einmal ein solches Wagnis eingehen würde. Es erscheint mir als ein großer Wahnsinn, und doch, mit einem wie dir an meiner Seite habe ich Hoffnung."

„Hoffnung, worauf?"

„Darauf, dass wir in die Geschichte Majunays eingehen." Er grinste. „Und dass wir so viele wie möglich von diesen verfluchten Barbaren mit unseren Speeren durchbohren."

„So sei es."

Die Wiedergeburt

Während die kedanischen Reiter langsam näher rückten, bestrichen Larkyen und Khorgo ihre Leiber mit dem graubraunen Schlamm des Ufers, so dass sie sich von dem Boden, auf dem sie sich fortbewegten, kaum mehr unterschieden.

Auf Khorgos Anweisung hin trennten sie sich, um die Kedanier von beiden Seiten angreifen zu können, die daraufhin frontal in die vorbereiteten Fallen reiten sollten.

Larkyen versteckte sich hinter einer Reihe dichter Sträucher, während Khorgo im Schutze eines mannshohen Erdhügels wartete. Der Majunay schien völlig mit dem Untergrund zu verschmelzen und hätte selbst dem Tarnvermögen eines Kaysaren alle Ehre gemacht.

Das Donnern der Pferdehufe kam beständig näher. Schon bald spürte Larkyen, wie der Boden zu vibrieren begann, während die Luft von kedanischen Kriegsgesängen erfüllt war. Zwanzig Nordmänner ritten direkt auf seine Position zu. Plötzlich spürte er einen Atemhauch im Nacken. Aus dem Augenwinkel nahm er ein Messer wahr, das von scheinbar unsichtbarer Hand auf ihn zugeführt wurde.

Er wandte sich um, griff direkt in die Klinge und zerschnitt sich die Finger. Dann wich er einen Schritt zurück und ließ sein Blut in Richtung des unsichtbaren Angreifers spritzen. Es machte die Gesichtszüge eines Kaysaren erkennbar. Larkyen rammte dem Mann den Speer in den Kopf. Abgesplitterte Teile der Stirn und eines Wangenknochens prasselten auf die Erde.

Gerade noch rechtzeitig bemerkte er, wie sich ein weiterer Kaysare hinter Khorgo aufbaute, und schleuderte den Speer auf den drohenden Angreifer. Ehe Khorgo der Tod ereilen konnte, traf der Speer auch dieses Ziel.

Der Majunay nickte Larkyen dankbar zu und versteckte die Leiche unter einem Gestrüpp. Dann nahm er seinen Platz bei dem Erdhügel wieder ein.

Die Wiedergeburt

Die Reiter waren da. Muskulöse kedanische Hünen mit stählernen Rüstungen, und Gesichtern, in denen Kampfeslust brannte. Wie eine Gesteinslawine, die sich unaufhaltsam in ein Tal wälzt, preschten sie inmitten der Bäume.

So mancher tapfere Krieger hätte bei ihrem Anblick den Mut verloren und kapituliert. Nicht aber Larkyen. Er wusste um seine Überlegenheit, und er wusste, dass sein Zorn seine Entschlossenheit nur stärken konnte.

Es überraschte ihn nicht, das Boldar nicht unter den Reitern war. Die Bestie schien lediglich Suchtrupps ausgesandt zu haben, doch schon diese Schar genügte. Pferde und Reiter lösten die ersten Fallen aus. Spitze Pflöcke fuhren aus dem Erdreich und den Sträuchern hervor und durchbohrten kedanisches Fleisch. Andere Fallen funktionierten überhaupt nicht, und als Larkyen nun einige Gestalten sah, die er als Kaysaren erkannte, wusste er auch warum. Sie hatten den Kedaniern als wirksame Vorhut gedient und so viele Fallen wie möglich bereits entschärft.

Endlich verließen Larkyen und Khorgo ihre Deckung und rammten ihre Speere in die nächstbesten Reiter, nur um danach wieder aus den Augen ihrer Angreifer zu verschwinden. Nicht wenige Kedanier fielen ihren listigen Attacken zum Opfer. Larkyen jedoch ging es längst nicht nur darum, sie unschädlich zu machen, sondern vor allem darum, seinen Hunger zu stillen und seine Kräfte zu mehren. Deshalb stellte er sich seinen Feinden fortan offen zum Kampf. Er riss einen Reiter vom Pferd, hielt ihn mit beiden Händen am Boden fest und sog aufgrund der Berührung gierig das Leben in sich auf. Die Kraft des Hünen durchströmte Larkyen, und er nahm sich den nächsten Barbaren vor. So mancher Schwertstreich fegte über seinen Rücken, so mancher brennende Schmerz suchte ihn heim. Er schenkte solchen Verwundungen keinerlei Aufmerksamkeit mehr; schließlich wusste er um seine Selbstheilungskräfte.

Khorgo kämpfte auf die unverwechselbare Art der Majunay. Längst hatte er den schlichten Holzspeer gegen das Schwert eines getöteten Kedaniers getauscht. Sich drehend und wirbelnd vollführte er damit einen todbringenden Tanz inmitten seiner Angreifer.

Larkyen machte sich nun daran, die Kaysaren aufzuspüren. Sein Gefühl sagte ihm, dass es zwischen den Bäumen und Sträuchern noch viele von ihnen geben musste. Oft sah er sie zu spät und musste schmerzhafte Stichverletzungen einstecken. Und obwohl er früher oder später fast jeden Angreifer zu fassen bekam – einige waren ihm sicher entkommen, und so würde Boldar die Bestie schon bald erfahren, was sich hier zugetragen hatte.

Also half Larkyen, die letzten Reiter des kedanischen Suchtrupps zu bekämpfen, und abermals stillte er seinen Hunger an ihnen, ehe sie starben.

„Gut gekämpft!" lobte Khorgo.

Larkyen nickte ihm zu. „Die große Schlacht, der Kampf gegen Boldar, steht mir noch bevor!"

Khorgo blickte auf die vielen Toten. Auch wenn er es nicht mit eigenen Augen gesehen hatte, so schien er doch zu ahnen, was der Sohn der schwarzen Sonne mit den meisten seiner Gegner angestellt hatte.

Nach kurzem Schweigen untersuchten sie all jene Reiter und Pferde, die von den Fallen aufgespießt worden waren. Jeder von ihnen erlöste die Überlebenden und Verletzten auf seine Weise. Da hörten sie, wie unter einem der durchbohrten Pferdeleiber ein Ächzen hervordrang. Zwei muskulöse Arme schoben den Bauch des Tieres mit großer Kraft beiseite. Dann erhob sich Wargulf, das blaubemalte Gesicht zu einer wütenden Fratze verzerrt. Der

Kedanier schien unverletzt zu sein. Mit großen Augen betrachtete er die vielen Toten aus seinem Volk. Er zog einen blitzenden Säbel, der das Siegel des schwarzen Drachen trug. Es war jene Klinge aus Khorgos Besitz.

„Für Nordar!" brüllte Wargulf und stürmte auf den Majunay los.

Khorgo stellte sich dem riesigen Kedanier tapfer entgegen. Ein Kampf unter Veteranen entbrannte – für beide Krieger eine Erinnerung an die alte Fehde der Majunay gegen das Zweivölkerheer vor der Stadt Dakkai.

Sowohl Khorgo als auch Wargulf kämpften mit so großer Schnelligkeit und Perfektion, dass Larkyen nicht sicher war, ob ihr Ringen je ein Ende nehmen würde. Als er zugunsten seines Gefährten in den Kampf eingreifen wollte, rief der Majunay: „Nein, dieser Moment gehört uns beiden allein."

Sie kämpften mit den Schwertern und den Fäusten, traten und stießen sich. Beide waren blutüberströmt und bis auf den Tod erschöpft, als Khorgo dem Kampf endlich ein Ende bereitete. Wargulfs Bauch wurde durch einen waagerechten Schnitt aufgeschlitzt, und seine Eingeweide quollen heraus, doch noch immer stand der Hüne. In seinem Gesicht zeigten sich weder Todesfurcht, noch Schmerz oder Bedauern, sondern nur Stolz. Der Majunaysäbel entschlüpfte seinen Fingern und fiel in eine Pfütze aus Matsch und Blut.

„Bring die Sache zu Ende", flüsterte Wargulf zu Khorgo und wich ein paar Schritte zurück. „Schenke mir den ehrenhaften Tod eines Kriegers!"

Der Majunay rammte das kedanische Schwert in die Erde und hob den Säbel auf. Mit einem Blick auf das Relief des schwarzen Drachen sagte er: „Ich gewähre dir diesen letzten Wunsch."

Er erhob den Säbel zum Schlag, während Wargulf in die Knie ging.

Die Wiedergeburt

„Nicht!" rief Larkyen. „Lass ihn für mich am Leben. Ich brauche seine Kraft."

Langsam ließ der Majunay den Säbel wieder sinken und blickte den Sohn der schwarzen Sonne mit einer Mischung aus Verwunderung und Entsetzen an. Die Erinnerung an den Moment, da Larkyen die Lebensenergie des Schamanen in sich aufgenommen hatte, schien noch immer in seinem Kopf zu spuken. Nur widerwillig trat Khorgo einen Schritt von dem Kedanier zurück.

Jetzt beugte sich Larkyen zu Wargulf hinab. Der Nordmann schickte ihm einen hasserfüllten Blick.

„Nordar", keuchte er. „Ich habe in deinem Namen und für mein Land gekämpft …"

„Du stirbst nicht als Krieger", knurrte Larkyen, „du stirbst als meine Beute!"

Seine Hände legten sich wie ein Schraubstock um die Kehle des Nordmannes und stemmten ihn mit unmenschlicher Kraft in die Luft. Die Berührung genügte, um alle Energie im Leib des Barbaren in sich aufzunehmen und Lebenskraft zu gewinnen. Er erstarkte umso mehr, während das Herz des Kedaniers längst zu schlagen aufgehört hatte. Plötzlich zerbröckelte Wargulfs Leib zu Staub und legte sich als ein grauweißer Teppich über die Erde.

Khorgo wandte sich entsetzt ab.

„Was ist nur aus dir geworden? Deine Augen … noch während du sein Leben in dich aufnahmst, haben sich deine Augen verändert, es sind nicht länger die eines Menschen. Es sind nun die Augen eines Raubtiers und sie schimmern, sie leuchten … als würde in deinem inneren ein Feuer brennen."

Larkyen konnte die Angst des Majunay deutlich spüren. Er hoffte aber auch, dass der Krieger erkannte, wie wichtig es für ihn war, seinen Hunger zu stillen, und welche Kraft nun seinen Leib durchströmte. Er spreizte die Finger und ließ den Wind die letzten Staubreste auf seiner

Haut davonblasen. Dann ballte er die Fäuste. Alles und jeden konnte er nun zerreißen, zerschmettern, zerquetschen und vernichten.

„Wargulf war ein Festmahl für mich", seufzte Larkyen zufrieden. Und zumindest wusste er jetzt, was mit seinen Opfern geschah, wenn er zu lange von ihnen zehrte.

„Du bist eine Bestie", flüsterte Khorgo.

„Manchmal bedarf es einer Bestie, damit eine andere Bestie vernichtet werden kann. Ich habe mein Schicksal gewählt. Akzeptiere endlich, wer und was ich bin."

„Dieses Schicksal wird dich an einen dunklen Ort führen. Doch erwarte nicht, dass ich dich auch noch dorthin begleite."

„Jeder ist seines eigenen Schicksals Schmied", entgegnete Larkyen. „Und unsere Taten bestimmen das Leben, das wir führen. Meine Tat wird die Vernichtung Boldars und seiner Männer sein. Bleib in einigem Abstand hinter mir, die Zeit ist gekommen, da ich mich nie mehr vor meinen Feinden verstecken muss. Ich werde die Kedanier direkt angreifen und Boldar gegenübertreten. Halte dich immer am Rand des Ufers auf und lass nicht zu, dass sie dich umzingeln. Wenn es zu viele werden, zieh dich zurück. Auch wenn dir vor dem graut, was ich bin, bist du mir dennoch ein teurer Freund geworden, den ich stets am Leben wissen möchte. Und wenn dir das ohne Bedeutung ist, so denke daran, du hast noch eine Tochter, die den gleichen Wunsch nach deinem Überleben hegt."

Daraufhin trat Larkyen ohne ein weiteres Wort zwischen den Toten hindurch in Richtung des Kedanierlagers. Seine Sinne waren um ein Vielfaches feiner geworden. Er roch bereits das Fleisch, das im Lager gekocht wurde, hörte die vielen Stimmen und das Wiehern der Pferde. Irgendwo hinter sich vernahm er auch Khorgos Schritte.

Die Wiedergeburt

Als er sich an die nächsten Kedanier heranpirschte, war es fast wie in seinem Traum. Mit einer raschen Folge kräftiger Schwertstreiche streckte er sie nieder, und ihre zerfetzten Leichname färbten das Wasser augenblicklich tiefrot. Nachdem ihm zwei weitere Kedanier zum Opfer gefallen waren, deren Lebenskraft er im Schutz des Nebels in sich aufnahm, wurde er von einem Kaysaren erspäht, der sofort Alarm schlug.

Bewaffnete Scharen von Nordmännern rannten nun auf Larkyen zu. Er steckte den Faustschlag eines kedanischen Hünen , der manch anderes Gesicht einfach hätte zerplatzen lassen, mühelos weg. Den zweiten Schlag empfing er mit der offenen Handfläche. Seine Finger schlossen sich wie ein Schraubstock um die Faust des Gegners und drückten zu, zermalmten Haut, Sehnen und Knochen zu Brei. Noch ehe der Hüne einen Schrei ausstoßen konnte, riss Larkyen dessen Kopf mitsamt der halben Wirbelsäule vom Rumpf.

Der Sohn der schwarzen Sonne fand zunehmend Gefallen daran, seine Feinde auf diese Weise zu zerfetzen.

Am Ufer schloss Khorgo sich dem Kampf an und fällte seine Gegner mit dem Säbel. Längst hatte der Majunay eine blutige Schneise in die Reihe seiner Angreifer geschlagen.

Larkyen hielt Ausschau nach der Bestie, doch der Anführer der Nordmänner war nirgendwo zu sehen.

„Boldar!" brüllte er. „Stell dich zum Kampf!"

Er packte einen verwundeten Kedanier am Hals.

„Wo ist dein Herr?" schrie er ihn an.

„Er sucht dich ebenso, wie du ihn suchst!" antwortete der Kedanier, ehe Larkyen ihm die Lebenskraft nahm.

„Larkyen!" rief Khorgo plötzlich. „Sieh!"

Der Majunay deutete panisch auf das andere Seeufer,

wo sich eine riesige kedanische Reiterschar versammelt hatte, die nun auf das Lager zu galoppierte. Es mussten Hunderte sein! Boldar war als größter Kedanier deutlich unter ihnen zu erkennen.

„Zieh dich zurück, Khorgo!" rief Larkyen. „Es sind zu viele! Du hast noch eine Familie."

Der Majunay hingegen verharrte nun Schulter an Schulter bei Larkyen. Mit einem spöttischen lächeln sagte er: „Du gönnst einem alten Krieger wohl keinen Kampf mehr, wie?" Und sein Gesicht wurde ernster, als er fortfuhr: „Ich bleibe hier! Wie könnte ich meiner Tochter je wieder vor die Augen treten, mit dem Wissen, einen Gefährten im Stich gelassen zu haben. Bei allem, was mir lieb und teuer ist, ich bleibe an deiner Seite."

„Ich habe geahnt, dass du soetwas sagen würdest."

Khorgo lachte. Und er flüsterte ein Gebet in den Wind. Worte an die Götter, die ihn erhören mochten, so dass er, wenn nicht siegreich, dann zumindest lebendig aus diesem ungleichen Kampf hervorgehen mochte, auch wenn es aussichtslos schien.

Larkyens Lippen blieben jedoch geschlossen. Ein Abkömmling der schwarzen Sonne brauchte nicht um den Beistand der Götter zu bitten. Er war sich sicher, dass er den Ausgang dieser Schlacht allein bestimmen würde.

Plötzlich ertönte am Himmel über ihnen ein bedrohliches Surren. Glaubten sie im ersten Moment an einen weiteren Angriff ihrer Feinde, so wurden sie rasch eines Besseren belehrt. Eine Wolke aus Hunderten von Pfeilen sank auf die kedanischen Reiter nieder und lichtete deutlich ihre Reihen.

Larkyen und Khorgo wandten sich überrascht um, sahen das Bannertuch mit dem schwarzen, schlangenähnlichen Drachen am Horizont wehen. Darunter hatte sich eine Front aus schwarzen Reitern positioniert. Ihre dunklen Rüstungen waren von athletischen und eleganten

Konturen geprägt. Von ihren schmalen Helmen mit dem breiten Nackenschutz ragten lange, gewundene Hörner auf. Grimmig starrten ihre Eisenmasken über das Uferfeld hinweg.

Schweigend ritten die Soldaten Majunays in geordneter Formation heran. Ihre Zahl war bei weitem geringer als die der Nordmänner, doch Larkyen hoffte, ihre Kampfkunst würde das ausgleichen. Schon einmal hatte er miterlebt, wie eine gute Kampftechnik sich gegen rohe Kraft zu behaupten wusste.

Wieder legten sie ihre Kurzbögen an, um eine weitere todbringende Pfeilwolke auf die kedanischen Reiter abzuschießen. Im Anschluss zogen sie synchron ihre Waffen. Die in vorderster Front reitenden Krieger richteten lange Speere nach vorn, die hinteren stießen triumphierend ihre Säbel empor. Wie ein Sturm fegten sie an Larkyen und Khorgo vorbei, um mit den feindlichen Reihen zusammenzuprallen.

Das Wiehern der Pferde, die Schmerzensschreie plötzlich Verwundeter und der kedanische Kriegsgesang wurden allesamt vom aufkommenden Klirren des Stahls übertönt.

Auch Larkyen und Khorgo tauchten in das Schlachtgetümmel ein. Für seine Landsleute sichtbar ließ Khorgo seinen Säbel durch die Reihen der Nordmänner kreisen. Danach nahmen ihn die Soldaten in ihre Front auf.

Ob zu Pferd oder zu Fuß, ein jeder Majunay kämpfte mit großer Perfektion und Schnelligkeit. Aber auch rohe nordische Kraft verfehlte ihre Wirkung nicht. Verglichen mit den kedanischen Hünen, erschienen die Ostländer fast wie Kinder, und die Hiebe der nordischen Klingen zerfetzten oftmals zwei von ihnen auf einen Streich. Für sie war es eine verlustreiche Schlacht und tapfer hielten sie die Stellung.

Nur Larkyen stritt ganz allein, ohne jedwede Rückendeckung. Tief war er in die feindlichen Reihen vorgedrungen.

„Boldar, dies ist der Moment meiner Rache!" brüllte er. Umgeben von klirrendem Stahl und dem Kriegsgeschrei seiner Feinde, ließ er den Hunger, der in ihm brannte, ganz bewusst die endgültige Kontrolle übernehmen. Der ehemalige Viehhirte, der hilflos mit angesehen hatte, wie ihm das Liebste auf der Welt genommen wurde, hatte aufgehört zu existieren. Larkyen kannte weder Mitleid noch Reue. Er tötete mit dem Schwert, wie mit der bloßen Hand. Und wann immer er seine Finger in das warme Fleisch seiner Feinde grub, entzog er ihnen ihr Leben. Binnen kurzer Zeit hatte das Kriegsgebrüll der Kedanier sich in Schmerzensschreie verwandelt.

Boldar war längst vom Pferd gestiegen und stampfte mit der Gewalt einer Lawine durch das Heer der Majunayreiter. Dem Schwert des Kriegsgottes in seiner Hand war niemand gewachsen. Mit seinem einzigen Auge erspähte er Larkyen.

Und blutüberströmt erwartete der Sohn der schwarzen Sonne den Erzfeind inmitten von Bergen gefallener Nordmänner. Jetzt endlich schien das Kräfteverhältnis zwischen ihm und Boldar ausgeglichen zu sein.

Tollkühn mochten zukünftige Generationen Larkyen nennen, wenn die Geschichte von ihm und Khorgo eines Tages weitererzählt oder von Barden in Liedern besungen wurde. Vielleicht nannten sie ihn sogar einen Wahnsinnigen, oder, wenn sie die zerfetzten Leichen seiner Feinde gesehen hatten, eine Bestie.

Fest umklammerten seine Finger den Griff des Schwertes. Jeder Muskel seines Leibes war bis aufs äußerste angespannt. Mit eisiger Kälte fegte der Wind durch sein Haar. Er nahm einen tiefen Atemzug.

Boldar und er standen sich gegenüber.

Die Wiedergeburt

Larkyen blickte der Bestie ins Auge und erkannte darin dieselbe Wildheit sowie die gleiche Gier, die auch er selbst verspürte.

„So also endet es", sprach Boldar. „Noch ehe sich die Sonne neigt, werde ich dein ewiges Leben trinken."

Dann stürzten sie aufeinander zu, und ihre Kriegsschreie ließen alle anderen Kämpfenden für einen Moment innehalten. Ihre Leiber prallten mit einer Wucht aufeinander, die anderen Kriegern die Knochen hätte bersten lassen. Der Kampf begann …

Sie stritten mit der Schnelligkeit und Gewandtheit von Steppenwölfen. Jedem gelang es, den Klingenhieben des anderen auszuweichen, denn keiner hätte auch nur einen davon überlebt, und das wussten sie beide.

Um sie herum verebbten die Schlachtgeräusche immer mehr, denn die Zahl der Kämpfenden war erheblich geschrumpft. Und als der Morgennebel sich lichtete, tauchte die Sonne viele tote Krieger in ihr blasses Licht. Alle Überlebenden gehörten dem Volk der Majunay an. Sie beobachteten Larkyen und Boldar wie Zuschauer in den Arenen der größten Städte und wagten nicht, in das Geschehen einzugreifen.

Beide waren blutüberströmt, standen auf den Leibern der Gefallenen. Keiner von ihnen kannte Müdigkeit oder Erschöpfung, bis ans Ende der Zeit waren sie bereit, einander zu bekämpfen.

„Sieh dich um", rief Larkyen der Bestie zu. „Ihr habt verloren. Deine Armee ist vollständig aufgerieben worden. Was wirst du ohne sie tun?"

Verwunderung prägte Boldars Gesichtszüge, als sein Blick auf der Suche nach seinen Kriegern vergeblich über das Schlachtfeld schweifte. Erst jetzt realisierte er den enormen Verlust. Er hatte den Gegner unterschätzt; die Opferbereitschaft von Kriegern, die ihre Heimat verteidigten – der größte Fehler, der einem Feldherrn unterlaufen konnte.

„Wenn ich deinen Kopf ins Nordland bringe, werden sich mir neue Scharen anschließen", gab er voller Überzeugung zurück. „Sei dir gewiss, es wird für Majunay keinen Frieden mehr geben."

Doch seine Konzentration ließ unlängst nach, Larkyen nutzte die Gelegenheit. Schon sein nächster Hieb trennte Boldar die Schwerthand ab. Die von Nordar geschmiedete Klinge fiel herab und blieb im Erdreich stecken.

Boldar, der sich stumm die blutende Wunde hielt, zeigte keine Anzeichen von Schmerz, und trotz der gewaltigen Niederlage verspürte er weder Furcht noch Scham.

„Es ist vorbei!" brüllte Larkyen.

„Nicht solange ich noch atme."

Boldar ballte die verbliene Hand zur Faust, suchte seine letzte Ausflucht im waffenlosen Kampf. Schnaubend wie ein Tier stürmte er auf Larkyen zu, sein Schlag traf den Sohn der schwarzen Sonne im Gesicht. Außer einer schnell verheilenden Platzwunde richtete er keinerlei Schaden an.

Als Antwort ließ Larkyen sein Schwert mit einer raschen Bewegung über Boldars Oberkörper hinwegfegen. Knirschend durchtrennte die Schneide mehrere Eisenglieder der Kettenrüstung, bevor sie zerbarst. Doch abermals schien der Kedanier keine Schmerzen zu verspüren. Mehrere Schritte wich er zurück.

„Du hast mich gejagt, um mein Blut zu trinken", rief Larkyen dem Einäugigen nach. „Von mir zehren wolltest du, nun aber werde ich die Bestie sein, die von dir frisst. Die Gunst des Kriegsgottes hat dich verlassen."

Und er zog das Schwert Nordars aus dem Schlamm. Eine gewaltige Kraft, die an den mächtigen Schöpfer jener Waffe erinnerte, prickelte in seinem Leib und entlud sich ringsum in der Luft.

Die Wiedergeburt

Boldar schüttelte ungläubig den Kopf. Diesen Gegner wollte der kedanische Hüne keineswegs mehr unterschätzen. Jeder gute Krieger wusste, wann eine Situation aussichtslos war und die Zeichen auf Rückzug standen. Boldar die Bestie, der Feldherr und Eroberer, rannte zu seinem Pferd, stieg auf und ritt davon.

Die Soldaten Majunays spannten ihre Bögen, um ihm einen Pfeilregen nachzusenden. Der Hüne aber ritt weiter Richtung Norden, seiner kalten Heimat Kedanien entgegen. Und trotz des Vorsprungs, den Larkyen ihm gewährte, würde Boldar ihm nicht entkommen. Die Bestie musste sterben.

Aus der Menge der gefallenen Kedanier nahm er sich eine Schwertscheide, die dem Stahl des Kriegsgottes angemessen erschien. Dann schnallte er sich das Schwert auf den Rücken. Er entdeckte auch einen blutdurchtränkten Kapuzenumhang, den er sich überstreifte. Seine linke Hand mit dem Zeichen der schwarzen Sonne verbarg er unter einem braunen Lederhandschuh.

„Wir haben gesiegt", rief Khorgo. Ein breites Lächeln legte sich über sein Gesicht. Zusammen mit einigen Soldaten ging er auf Larkyen zu. Bei jedem Schritt stützte er sich auf seinen Säbel. Seine Schultern und der rechte Oberschenkel waren mit Schnittwunden übersät.

Ein Soldat nahm schließlich seine Eisenmaske ab, und ein ernstes, hageres Gesicht mit bernsteinfarbenen Augen und sauber gestutztem Kinnbart kam zum Vorschein. „Ich bin Ahiro, Hauptmann der Reiterschaft des schwarzen Drachen. Ich grüße dich!"

„Auch ich grüße dich, Hauptmann Ahiro. Mein Name ist Larkyen, ich bin der letzte Überlebende der Yesugei."

„Und ein großer Kämpfer", fügte Ahiro hinzu.

„Dessen Kampf noch nicht beendet ist. Ich werde Boldar der Bestie folgen. Wenn es sein muss, bis nach

Die Wiedergeburt

Kedanien."

„Larkyen, dieser Weg ist zu gefährlich für einen Krieger allein. Selbst eine Armee würde Gefahr laufen, dort von den Barbaren des Nordens vernichtet zu werden."

„Deshalb reite ich auch ganz allein", fuhr Larkyen zur Verwunderung des Hauptmanns fort.

„Wenn es jemand schafft, dann er", bestätigte Khorgo und nickte Larkyen zu.

„Du bist weit mehr als nur ein gewöhnlicher Krieger, nicht wahr?" fragte Ahiro. „Ich sah, wie du durch die feindlichen Reihen fegtest – mit einer Kraft, die nicht die eines gewöhnlichen Menschen ist. Ich sah auch, wie du anderen das Leben durch deine bloße Berührung nahmst."

„Welcher Krieger ist schon gewöhnlich", antwortete Larkyen. Oblgeich er wusste, dass er die Neugierde des Hauptmanns damit keinesfalls besänftigt hatte. Bereits seine unnatürlich schimmernden Augen zeugten davon, dass er anders war.

„Wahre Worte, großer Krieger."

„Jetzt sage mir, Hauptmann, wie ist es möglich, dass deine Reiter im rechten Augenblick am Ufer des Kharasees erschienen sind?"

Ahiros ernster Gesichtsausdruck blieb bestehen. „Vor fünfzehn Tagen brachen wir von der Stadt Dakkai im Osten auf, um eine Gruppe berittener Kedanier zu verfolgen, die von Spähern entdeckt worden waren. Beim Fluss Nefalion kam es zum ersten Kampf mit ihnen. Nachdem wir die Gruppe zerschlagen hatten, trafen wir auf einige Nomaden, die behaupteten, auf ihrem Weg zum Fluss die Leichen mehrerer Stämme in der Steppe entdeckt zu haben. Wir untersuchten jene Orte und fanden Dutzende von Enthaupteten, deren Schädel auf Pfählen aufgespießt waren. Ebenso entdeckten wir einige zerbrochene Schwerter, die wir anhand ihrer einfachen Schmiedung als kedanische Waffen identifizierten. Wir folgten den Spuren einer großen Reiterhorde, und je tiefer wir in die Steppe vordrangen, umso öfter stießen wir auf kedanische Stosstrupps, die uns in neue Kämpfe verwickelten. Nach und nach führten all jene Spuren uns zum Kharasee, wo sich die kedanischen Barbaren versammelten, um uns in großer Zahl entgegenzutreten. Und wir kamen – was dich und den alten Khorgo betrifft – tatsächlich im entscheidenden Augenblick. Die Nordmänner sind besiegt. Aber wir können den Göttern nur dankbar sein, dass sie nicht noch mehr Kaysaren für ihre Zwecke missbrauchen konnten."

„Missbrauchen?" Larkyen sah Ahiro fragend an. „Ich entnahm erst gestern dem Gespräch einiger Kedanier, dass Boldar mit den Kasyaren über eine Waffenbruderschaft verhandelt hat."

Der Hauptmann nickte. „Es waren mitunter Verhandlungen über die Freilassung der Familie des kaysarischen Stammesführers. Boldar hatte einen seiner Stosstrupps zu den Wäldern der Kaysaren ausgesandt. Erst taten sie so, als wären sie ihnen freundlich gesinnt, und selbst als die Kaysaren ihr Schmierenstück durchschauten und Boldars Männer große Verluste erlitten, gelang es ihnen dennoch, Weib und Kinder des Stammesführers aus den Wäldern zu entführen. Doch auch diese Krise ist überwunden. Die Familie wurde heute vor Sonnenaufgang von den Kaysaren befreit und zurück in die westlichen Wälder gebracht."

Jetzt begriff Larkyen, warum er am Morgen nicht mehr Kaysaren an den Ufern erblickt hatte. Die Scharen der Waldbewohner mussten bereits vor der großen Schlacht von der Befreiung erfahren haben und hatten die erzwungene Waffenbruderschaft mit den Kedaniern rasch und unbemerkt aufgelöst.

„Boldars Plan zur Eroberung Majunays war voller Tücke. Er ist ein guter Stratege und Krieger, aber auch ein Mörder und eine Bestie, deren Ende nahe ist."

Larkyen nickte. Dann verbeugte er sich tief vor dem Hauptmann und sprach: „Ich danke dir und den Reitern des schwarzen Drachen für den Beistand im Kampf. Doch verzeih, wenn ich dir und deinen Soldaten nicht mehr Zeit widmen kann. Ich muss gen Norden aufbrechen. Und zwar allein."

Khorgo schüttelte ungläubig den Kopf.

„Es geht nicht anders", rechtfertigte sich Larkyen. „Dieser letzte Kampf gehört nur mir."

„Dann endet unser gemeinsamer Weg also hier, an den Ufern des Kharasees?"

„Ja, mein Freund und Lehrer."

Khorgo bat die anderen Soldaten, Larkyen mit ihm allein zu lassen. Und als der Veteran nach einer Weile des Schweigens wieder sprach, wurde seine Stimme düster: „Ich will ganz ehrlich zu dir sein. Du hast im Kampf Gewaltiges vollbracht. Ich achte dich sehr, Larkyen vom Stamm der Yesugei, und doch fürchte ich die ungeheure Macht, die in dir steckt."

„Nicht diese Macht bestimmt, wer oder was ich bin, sondern meine Taten. Unsere Taten sind es, die uns zu dem machen, was wir sind. So wie der Mann, der stiehlt, ein Dieb ist, und ein anderer, der viele Kämpfe besteht, ein Krieger ist."

„Und was ist mit dem Mann, der die Lebenskraft anderer raubt? Was ist dieser Mann? Ich sage es dir, er ist ein Raubtier. Eine Bestie. Ja, Larkyen – die Bestie, die du vernichten willst und die du verwundet hast, bis nun du selbst geworden! Und was mich so erschreckt, ist, dass sie anscheinend schon immer in dir steckte. Sie wartete nur darauf, entfesselt zu werden, und seit du von deinen übernatürlichen Kräften weißt, hast du begonnen, die Bestie in dir zu nähren. Dein Hunger nach Lebenskraft wird nie zu stillen sein. Mögen die Götter der Welt alle Menschen behüten, die deinen Pfad kreuzen, und möge der Westen auf dich vorbereitet sein, wenn du eines Tages heimkehrst. Die Menschen werden dich fürchten und meiden, und du wirst einsam sein, für alle Zeit. Denn du, Sohn der schwarzen Sonne, bist der leibhaftige Tod."

„Genug davon, Freund. Ich habe dir gesagt, akzeptiere einfach, wer und was ich bin. Und denk daran, dass die Gerechten und Friedfertigen nichts von mir zu befürchten haben."

„Jedes Feuer beginnt mit einem Funken, und ich bitte dich, Larkyen vom Stamm der Yesugei, wisse stets was du tust und bedenke die Folgen deines Handelns. Krieger wie du können die Welt in Brand setzen."

„Dieser Moment soll nicht von Konflikt und Bedenken geprägt sein, denn es ist ein Abschied, wenn auch bestimmt nicht für immer."

„Du hast Recht. So will ich dir eine gute Reise wünschen, die von Erfolg gekrönt sein soll."

„Gib auch auf dich selbst acht, alter Krieger", sagte Larkyen. „Es war mir eine Ehre, dir zu begegnen, und ich bin dir zu Dank verpflichtet für alles, was du mir beigebracht hast."

Lange und tief verbeugten sich Larkyen und Khorgo voreinander. Im Osten der Welt gab es keine größere Geste des gegenseitigen Respekts.

Der Sohn der schwarzen Sonne trat schnellen Schrittes über das Schlachtfeld hinweg. Die grimmigen Blicke eiserner Masken begleiteten ihn. Er erwählte sich das kräftige Pferd eines toten Nordmanns und stieg auf.

Dann ritt er gen Norden, dem Land von Eis und Schnee entgegen.

Kapitel 9 – Blutrache

Die Tage zogen dahin, und nur seinem Pferd zuliebe legte Larkyen regelmäßige Pausen ein. Auch seine Beute, Boldar, musste sich die notwendige Ruhe gönnen, wenn er den anstrengenden Ritt bis nach Kedanien durchhalten wollte.

Larkyen blieb auf seiner Fährte. Er stieß auf Hufabdrücke in der Erde, auf Pferdedung, ein erloschenes Lagerfeuer und Blutspuren. Boldar schien seine Verwundungen selbst versorgt zu haben, und Larkyen konnte nur vermuten, welche Verletzungen der Kedanier noch ertragen würde, ohne daran zugrunde zu gehen. Seit jeher zeichnete sich jenes Volk durch ihre Stärke und Widerstandskraft aus.

Herbststürme brausten jetzt über die Steppe hinweg, und die Wolken spien unablässig Regen und verwandelten den Boden in Morast. In den Hochebenen im Norden Majunays, wo die Steppe ein Ende nahm, fiel bereits Schnee. Und je weiter Larkyen nordwärts ritt, umso härter wurde die gefrorene Erde.

Nichts würde seine Entschlossenheit trüben können. Kein Raubtier ließ seine Beute entkommen, und kein Rächer gewährte dem Gnade, den es zu bestrafen galt. Der Hass auf Boldar war es, der ihn durch Eis und Schnee vorantrieb, doch auch die Verbundenheit mit Majunay und sein andauernder Hunger nach Lebenskraft stärkten sein Durchhaltevermögen.

Ein Berg aus menschlichen Skeletten markierte die Grenze zu Kedanien. Die Größe der Knochen wies darauf hin, dass es sich bei den Toten um jene kedanischen Krieger handeln musste, die beim Angriff des Zweivölkerheeres auf die Stadt Dakkai aufgerieben worden waren. Niemand anderes als General Sandokar hatte damals befohlen, die Toten hier aufzutürmen.

Die Wiedergeburt

Larkyen betrachtete die grinsenden Schädel, deren Gesichter dem Feind einst voller Todesverachtung entgegengeblickt hatten; ihre einst mit mächtigen Muskeln ausgestatteten Brustkörbe und die Knochen von Händen, die so oft nach der Waffe gegriffen hatten.

Nun war er in der Heimat der Nordmänner. Plötzlich peitschte ein Windstoß über sein Gesicht. Zwei Gestalten, gekleidet in lange Mäntel, die Kapuzen tief ins Gesicht gezogen, erschienen vor Larkyen.

Die eine war weiblich und von zierlicher Statur. Ihr seidiges schwarzes Haar reichte bis zur Hüfte hinab, und dicke Lederkleidung schützte sie vor der Kälte. Ihre Gesichtszüge ließen vermuten, dass sie aus Majunay stammte.

Die andere Gestalt war männlich. Von ihrer Größe her erinnerte sie an einen kedanischen Hünen, oblgeich ihre Statur nicht muskulös genug war. Dennoch blieb Larkyen wachsam.

„Wir grüßen dich", sagte die Frau, und ihre gütige und freundliche Stimme schien an diesem einsamen Grenzort, der nur an Krieg und Tod erinnerte, recht fehl am Platz zu sein.

„Was wollt ihr?" fragte Larkyen. „Ihr seid keine Kedanier!"

„Nein, sind wir nicht."

„Dann geht mir aus dem Weg, oder kämpft gegen mich."

„Vielleicht tun wir das eine, vielleicht das andere."

Larkyen zog sein Schwert. Die Klinge des Kriegsgottes erstrahlte in kühlem Blau.

„Du wirst dein Schwert nicht brauchen. Für Feindseligkeit gibt es keinen Anlass."

„Und dennoch versperrt ihr mir den Weg."

„Weil wir mehr über dich wissen, als du vielleicht ahnst."

Die Wiedergeburt

„Ihr habt keine Ahnung, wer oder was ich bin. Schert euch fort, oder ihr seid des Todes!"

Mit lauter und kräftiger Stimme antwortete der Mann: „Ich kenne dich und die Bedeutung des Zeichens auf deinem Handrücken, den du verbirgst. Du bist Larkyen und stammst aus dem Volk der Kentaren im Westen, wurdest aufgezogen vom Stamm der Yesugei in den Steppen Majunays, und bist ein Abkömmling der dritten schwarzen Sonne, auferstanden durch deinen Tod."

„Wer bist du, Fremder?" fragte Larkyen.

„Lass es mich dir zeigen."

Daraufhin warf die große Gestalt ihren Mantel zurück. Larkyens Überraschung hätte nicht größer sein können. Der Mann besaß dieselben schimmernden Augen wie er, gleichsam an die eines Raubtiers erinnernd. Sein langes Haar war weiß und wallend. Der breite Ledergürtel an seiner Hüfte hielt ein Schwert mit kurzer Klinge, dessen metallener Knauf die Form eines Wolfskopfes aufwies. Seine linke Hand griff in die Manteltasche und brachte ein langes Zepter aus Ebenholz hervor, das als kunstvoll geschnitzter Wolfskopf mit drohenden Fängen endete.

„Ich bin Tarynaar!" rief er. „Du und ich, Larkyen, wir sind einander gleich. Ich wurde im Westen, im Lande Kentar an den Ufern des grauen Meeres geboren, als die Sonne zum zweiten Mal schwarz wurde."

„Und ich bin Patryous", stellte sich die Frau vor. „Ebenfalls ein Kind der zweiten schwarzen Sonne."

Sie nahm ihre Kapuze ab. Ihre bernsteinfarbenen Augen schimmerten inmitten schmaler Schlitze gleichermaßen auf unnatürliche Weise.

Vor Aufregung begann Larkyens Herz zu hämmern. Eine innere Stimme sagte ihm, dass der Mann und die Frau die Wahrheit sprachen. Nun begriff er das ganze Ausmaß seiner Geburt und Herkunft. Die Götter, zu denen so viele Menschen beteten und deren Existenz er selbst angezweifelt hatte, waren lebendiger als er es sich je hatte vorstellen können. Und er, Larkyen, war einer der Ihren.

„Wir sind dir wahrlich friedlich gesinnt", sagte Patryous. „Und wir sind hier, damit du unsere Worte hörst, denn was wir zu sagen haben, ist von äußerster Bedeutsamkeit."

Larkyen schob das Schwert zurück in die Scheide. Dann stieg er vom Pferd und trat auf Patryous und Tarynaar zu.

„Wir entstammen einem Zeitalter, in dem ein großer Krieg die Welt heimsuchte", fuhr Patryous fort. „Unser eigener Krieg … ausgelöst durch unsere Gier nach Macht und den Hass auf unsere Artgenossen. Es waren die Kinder der schwarzen Sonne unserer Generation, die die Welt in Schutt und Asche legten. Doch wir kamen zur Besinnung und schlossen Frieden."

„Ich kennen diesen Teil eurer Vergangenheit."

„Doch weißt du sicher nicht, dass wir nach dem Krieg die Welt unter uns Überlebenden aufteilten. Jeder bekam seinen Teil, und bald gab es sogar Menschen, die uns verehrten und sich unter unseren Schutz stellten. Es ist ein Naturgesetz, dass Lebewesen zu ihren stärksten Vertretern aufschauen und sie zu ihren Anführern wählen. So wurden wir, die Kinder der schwarzen Sonne, zu dem, was die Menschen Götter nennen.

Seitdem versuche ich all jenen Schutz zu geben, die gleich mir auf Reisen sind. Und Tarynaar wurde zum Gott des Landes Kentar."

„Kentarengott, du warst nie da, als deine Anhängerschaft dich brauchte!" klagte Larkyen ihn an.

Tarynaar schickte ihm einen durchdringenden Blick und rechtfertigte sich: „Zu viele Gebete verhallten ungehört, und viele Kentaren starben, besonders als im Westen noch ein Krieg tobte. Das Volk der Kentaren wurde beinahe völlig ausgelöscht. Ich konnte nicht für jeden da sein, Larkyen. Ein Gott, der auf Erden wandelt, unterliegt der Natur des Fleisches – ein weiteres Gesetz, dem selbst ein Kind der schwarzen Sonne sich nicht widersetzen kann. Doch sei versichert, ich habe nie jemanden darum gebeten, auf meine Hilfe zu vertrauen."

„Aber sie tun es, und die Schuld habt ihr", sagte Larkyen. „Ihr habt so manchem Menschen geholfen, der um Hilfe bat, und es zugelassen, wenn er seine Begegnung mit euch der Welt kundtat. So gabt ihr ihnen Hoffnung, die sich nicht immer erfüllen wird, und schenktet ihnen Glauben, der in Abhängigkeit endet. Warum sollten die Menschen noch auf sich selbst vertrauen, wenn sie bloß ihre Wünsche in den Wind flüstern und darauf warten müssen, dass ihr erscheint? Die Menschen begehen einen großen Irrtum, wenn sie sich der Gnade anderer ausliefern. Mein Adoptivvater erzählte mir von einer Zeit, in der die Menschen keine Götter kannten und jeder seines eigenen Schicksals Schmied war. Dorthin muss die Welt zurückkehren."

„Sei froh darüber, dass es Menschen gab, die an mich glaubten", sprach Tarynaar. „Nur aufgrund eines Gebetes, das eine verzweifelte Mutter in den Wind flüsterte, bist du am Leben."

„Wovon redest du da?"

„Ich war es, der dich damals fand."

„Aber das ist unmöglich. Godan und die Yesugei …"

„Godan trug dir nur auf, was ich ihm damals zu sagen gebot."

„Was ist zu jener Zeit geschehen? Erzähl es mir, Tarynaar!"

„Der Flüchtlingskonvoi, der vom Westen nach Majunay zog, litt grausam unter dem langen Marsch. Ihre Nahrung war knapp, und viele waren zu schwach, weiter zu ziehen. Deine Mutter ahnte, dass über ihnen allen der

Die Wiedergeburt

Schatten des Todes kreiste. Sie flüsterte ihren Wunsch in den Wind, und ihre Worte drangen bis zu den Schlachtfeldern des Westens, bis an mein Ohr. Ich vernahm die Kunde von ihrem Sohn, der unter der schwarzen Sonne geboren worden war. Deinetwegen verließ ich den Westen und brach auf nach Majunay. Als ich den Konvoi erreichte, hatten Wegelagerer die geschwächten Flüchtlinge überfallen und fast alle ermordet. Dein Vater war längst tot. Gestorben mit dem Schwert in der Hand, während er versuchte, euch zu verteidigen. Deine Mutter aber lebte noch. Ich fand sie schwer verletzt auf dem kalten Steppenboden liegend. Sie hatte dich vor den Klingen der Wegelagerer mit ihrem eigenen Leib geschützt. Sonst hätten sie dir deinen ersten Tod bereits im Säuglinsalter bereitet, und du wärst auferstanden, um für immer im Leib eines kleinen Kindes zu existieren, ohne ein Leben als Mann je kennenzulernen. Ein Gott, gefangen im Leib eines Säuglings, ein spöttischer und erbärmlicher Anblick, von dem ich dich nur noch hätte erlösen können. Aber du lagst in ihren Armen, lebend und wohlauf. Mit ihrem letzten Atemzug verriet sie mir deinen Namen.

Ich brachte dich zu den Yesugei, deren Warmherzigkeit und Güte mir wohlbekannt war. Obwohl sie Fremde mieden und ablehnten, erkannten sie dennoch die Gottheit in mir und leisteten meinem Wunsch, dich aufzunehmen, Folge. Sie mussten mir versprechen, über deine wahre Herkunft zu schweigen."

„Warum aber wurde mir all das vorenthalten?"

„Ich hielt es für eine weise Entscheidung. Wie sollte ein Kind mit solch einem Wissen fertig werden und mit solchen Kräften umgehen können? Erst bei der Auslöschung der Yesugei und deiner tödlichen Verwundung durch den vergifteten Pfeil brach die Zeit an, in der du wissen musstest, wer und was du bist. Deine Zeit ist gekommen, Larkyen!"

Die Wiedergeburt

„Du hast viel Unrecht ertragen müssen", sagte Patryous. „Du hast alles verloren, was dir lieb war, doch du bist nicht allein. Der Schamane Ojun hat uns von dir erzählt. Der Wind trug seine Worte an unser Ohr, und schickte ihm auch die unseren. Keiner von uns wird sich deiner Rache in den Weg stellen, denn sie ist dein gutes Recht. Indem du Boldar jagst und tötest, erfüllst du auch die Hoffnung der Majunay, deren Land du deine zweite Heimat nennst. Doch sorge dafür, dass dein Hass mit seinem Urheber stirbt. Nur einen darfst du in Kedanien töten, und sein Name lautet Boldar."

„Aber nähre dich nicht von der Kraft seines Leibes", warnte Tarynaar. „Zwar wird der Kriegsgott deinen Sieg würdigen, doch wenn du dich an der Lebenskraft der Bestie labst oder anderen Kedaniern in ihrer Heimat Schaden zufügst, wirst du seinen Zorn erregen. Nordar würde deine Taten als einen Eingriff in die Natur ansehen. Und glaube mir, du bist seiner gewaltigen Macht nicht gewachsen."

„Es gab Männer in Majunay, die das gleiche von Nordars Günstling Boldar behaupteten, und nun jage ich ihn seit Tagen. Ich fürchte den Kriegsgott nicht."

„Nordar ist ein Abkömmling der ersten schwarzen Sonne und der letzte aus seiner Generation", berichtete Patryous und Ehrfurcht schwang in ihrer Stimme mit. „Er entstammt einem Zeitalter, über das wir nur wenig wissen, außer dass damals der Mensch dem Tier noch nicht überlegen war. Das Wissen um die Kunst, Stahl zu bearbeiten, lag noch in weiter Ferne. Die Menschen kämpften mit Waffen aus Holz und Stein gegen riesenhafte Tiere, die in einer endlos erscheinenden Epoche aus Kälte und Eis endgültig ausgerottet wurden.

Es heißt, ein Kind der schwarzen Sonne kann sich nach langer Zeit, wenn seine Macht groß genug ist, dazu entscheiden, die fleischliche Existenz zu beenden und ein

Die Wiedergeburt

Geist zu werden. Damit bieten sich ungeahnte Möglichkeiten. Nur die Geister können ungehindert zwischen Zeit und Raum reisen und sogar in andere Welten vordringen. Von den Altvorderen haben alle außer Nordar diesen Schritt gewagt. Er aber hat es sich zur Aufgabe gemacht, die Besten unter allen Kriegern der Menschen um sich zu scharen und sie zu fördern. Er lebt einzig für den Kampf und den Krieg. Glaub mir, du würdest ihn nicht zum Feind haben wollen. Also, Larkyen, handle weise."

Ein weiterer Windstoß kam, wirbelte Schneeflocken auf, und Tarynaar und Patryous verschwanden so plötzlich, wie sie erschienen waren. Einzig ihre Stiefelabdrücke im Schnee erinnerten noch daran, dass sie bis eben vor Larkyen gestanden hatten.

Er stieg auf sein Pferd und ritt weiter, der Fährte Boldars folgend. Je weiter er seinen Weg durch Kedanien fortsetzte, umso häufiger erblickte er riesige Gletscherzungen, die sich tief ins Erdreich gefressen hatten und Zeugnis von jener Epoche ablegten, als selbst weite Teile des Südens noch in Eis gehüllt waren. Auch durch schneebedeckte Nadelwälder führte ihn sein Weg, und manchmal sah er aus der Ferne Elche mit riesigen Geweihen, die in der Wintersonne weideten.

Als am späten Nachmittag die Dunkelheit hereinbrach, jagten Wellen aus Licht über das Firmament. Ein flammendes, mal grünes, mal gelbes Band teilte den Himmel in viele pulsierende Bögen – jenes Phänomen, das die Kedanier das Nordlicht nannten.

Es war am vierten Tag seiner Reise, als feine Rauchschwaden am Horizont aufstiegen. In der Nähe wurde Holz verbrannt. Larkyen gelangte an die vereisten Ufer eines reißenden Flusses. Der Geruch von Rauch wurde immer stärker und führte ihn zu den aus Steinen errichteten Wohnstätten einer kedanischen Siedlung.

Die Wiedergeburt

Der Klang vieler Stimmen hallte in der Einöde wider.

Larkyen ließ sein mittlerweile erschöpftes Pferd hinter der Deckung einiger Bäume zurück und machte sich daran, die Siedlung auszuspähen.

Mehrere hundert Gebäude waren kreisförmig um einen dreistöckigen Turm errichtet worden. Auf den Straßen zeigten sich hünenhafte Einwohner; Frauen, die Felle gerbten; Schmiede, die Waffen fertigten; und Kinder, die von ihren Vätern im Umgang mit diesen Waffen unterrichtet wurden. Sie alle hatten ihr Leben dem Kampf verschrieben, wie es in Kedanien Brauch war. Es mochte noch tausende solcher Siedlungen im Land geben, viele davon um ein Vielfaches größer.

Wie beim Kedanierlager am Kharasee gab es auch hier keine Wachposten. Ihre gewaltige Leibeskraft und der Glaube an die eigene Überlegenheit hatte dieses Volk allzu leichtsinnig werden lassen.

Die Abenddämmerung und ein aufkommendes Schneegestöber halfen Larkyen dabei, unbemerkt in die Siedlung einzudringen. Er belauschte viele Gespräche, die vom Unglauben über Boldars Niederlage handelten und in denen ein weiterer Eroberungsfeldzug in die südlichen Ländereien gefordert wurde. Ohnehin waren die meisten der Einwohner für eine zweite Angriffswelle vorgesehen gewesen und hatten sich dafür entsprechend ausgerüstet.

Die Fenster der Steinhäuser waren mit Fellen verhangen, so dass Larkyen nicht hineinblicken konnte. Aber er ahnte ohnehin, wo Boldar die Bestie wohnte. Der Turm im Mittelpunkt der Siedlung bot das angemessene Heim für einen Anführer. Um dessen Holzpforte war ein Rahmen aus menschlichen Schädeln in den grauen Stein gearbeitet worden.

Mit wachen Blicken und gezogenem Schwert trat der Sohn der schwarzen Sonne ein. Mollige Wärme schlug ihm entgegen. In vier Metallschalen brannten Holzscheite und erhellten den fensterlosen hohen Raum. Die Luft war von Kochdünsten, Schweiß und Blut geschwängert. Mittig stand ein langer Holztisch mit vielen Stühlen, an dessen Kopf ein mit Menschenschädeln verzierter Thron aufragte.

Falls sich Personen im Gebäude aufhielten, schienen sie Larkyen bisher nicht bemerkt zu haben. Er durchsuchte weitere Räume, allesamt von schlichter Einrichtung und hohem Bau. In manchen davon entdeckte er Kriegsgerät wie Schwerter, Äxte und Speere. Über eine Treppe gelangte er schließlich in das erste Stockwerk. Auch hier brannte in einer Eisenschale ein offenes Feuer.

Im Schein der Flammen fiel Larkyens Blick sofort auf den verwundeten Boldar, der, nur mit einer Fellhose bekleidet, auf einem Strohbett saß. Seine Kettenrüstung und die nietenübersäten Schulterpanzer lagen zu seinen Füßen auf den Dielen. Boldars Gesicht war bleich und zeugte von Erschöpfung und Blutverlust. Eine Frau von athletischem Wuchs bandagierte seine Verletzungen. Plötzlich fuhr ihr Kopf zu Larkyen herum. Ihr wettergegerbtes Gesicht kündete zuerst von Schrecken, dann von Verachtung. Sie zog ihr Schwert.

„Ich weiß genau, wer du bist", rief sie. „Wie kannst du es wagen, unser Heim zu betreten?"

„Boldar!" Drohend hielt er der Bestie die Klinge des Kriegsgottes entgegen. „Ich, Larkyen, entstammend dem Volk der Kentaren des Westens, Adoptivsohn von Godan und Tsarantuya vom Stamm der Yesugei, fordere hier und heute meine Rache ein."

Der riesige Boldar nickte stumm. Wiederum zeigte er kein Anzeichen von Furcht, und noch immer brannte in seinem Auge ungezügelte Kriegslust.

Aus einem Nebenraum kam ein Jüngling gerannt. Der nackte Oberkörper war von Muskeln bedeckt, die im

Mannesalter um ein Mehrfaches zunehmen würden. Nur mit den Fäusten bewaffnet, griff er Larkyen an.

Der Sohn der schwarzen Sonne schleuderte den Jüngling mit dem Kopf zuerst gegen die nächstbeste Steinwand. Der Schädelknochen zerplatzte durch den Aufprall in dutzende Stücke, Gehirnmasse klatsche auf die Dielen.

Hätte Boldars riesige Hand die Frau nicht zurückgehalten, wäre auch sie das Wagnis eingegangen, Larkyen anzugreifen. Sie rammte die Schwertspitze in den Holzboden, und ihre Blicke folgten dem dahinfließenden Blut des Jünglings.

„Unser Sohn ist tot", flüsterte sie.

Larkyen begriff.

„Ich habe also deinen Sohn getötet, Boldar", sagte er. „Auch ich hätte ein Vater werden können. Wusstest du das? Mein Weib war schwanger. Der Tod deines Jungen stellt mich noch lange nicht zufrieden."

„Verschone zumindest mein Weib", hauchte Boldar. „Mit mir kannst du machen, was immer du willst."

„Alles zu seiner Zeit!"

Mit einem raschen Überkopfhieb ließ Larkyen das Schwert des Kriegsgottes auf Boldars Frau niederfahren und spaltete ihren Leib in zwei Teile. Ihr Blut spritzte in Boldars Gesicht, und unter Gebrüll richtete der Gigant sich zu voller Größe auf. Seine Bewegung wirkte längst nicht mehr so kraftvoll wie während ihres Zweikampfes am Kharasee. Der Blick des einen Auges wanderte über den blauen Stahl zu Larkyens Antlitz.

„Nun ist es deine Klinge", flüsterte er. „Der Kriegsgott schmiedete sie einst auf dem Gipfel des eisernen Berges für mich. Du sollst wissen, dass er dem Schwert einen Namen gab, denn eine von Magie erfüllte Waffe trägt immer einen Namen. Nordar verriet ihn nur mir, und ich will ihn an dich, der du mein Bezwinger sein wirst, nun weitergeben. Der Name deines Schwertes lautet: Kaerelys."

Kaum wiederholte Larkyen jenen Namen, da zeigte das Schwert in seinen Händen eine unerwartete Reaktion. Das Heft vibrierte, archaische Macht entlud sich knisternd in der warmen Luft.

„Nun ist das Ende gekommen", sagte Boldar. „Ich habe den Tod gebracht, ich werde den Tod empfangen."

Und so stieß Larkyen ihm das Schwert Kaerelys in die Brust, und der Hüne fiel auf die Knie und vornüber in das Blut seiner Frau und seines Sohnes.

Boldar die Bestie spuckte Blut, röchelte nach Luft. Der Herzschlag unter seiner breiten Brust verlangsamte sich. Nicht mehr lange und der Gigant würde sterben.

Larkyen fühlte die enorme Lebenskraft die diesem Leib wie ein gleißendes Feuer innewohnte, er konnte eine derartige Macht nicht einfach so der Leere des Todes anheimfallen lassen.

Die Warnungen von Tarynaar und Patryous hatte er keinesfalls vergessen, doch ein jedes ihrer Worte bedeutete jetzt nicht mehr viel. Er tat, wozu er bestimmt war. Gierig nahm er die Lebenskraft in sich auf. Anschließend trennte er Boldar den Kopf ab, ergriff ihn am Schopf und hob ihn hoch in die Luft.

„Es ist vollbracht", flüsterte er.

Das Schwert Kaerelys in der einen, Boldars Kopf in der anderen Hand, trat er hinaus auf die Straße. Längst war das Tageslicht einer Nacht voller Sterne gewichen. Nur Fackelschein erhellte die Siedlung. Schnell fand er sich im Blick vieler Kedanier wieder, in ihren Gesichtern konnte er Fassungslosigkeit ablesen. Keiner von ihnen wagte es, sich Larkyen zu nähern. Viele wichen sogar zurück.

Es war an der Zeit für eine weitere Entscheidung. Er musterte die vielen Schwerter, Messer, Speere und Äxte, die zukünftigen Eroberern als Waffen dienen sollten; all die Rüstungen und Schilde, die guten Schutz im Kampf geben würden.

Er roch den Rauch der Schmiedefeuer und hörte das Klingen der Hämmer, die neues Eisen für den Krieg formten. Voll von Stimmen war die Nacht, voller Kampfesrufe und Schmährufe gegen andere Völker, voller Preisungen des Kriegsgottes Nordar.

Wenn Larkyen das Nordland nun verließ, würde früher oder später eine neue Lawine der Gewalt über die Steppen im Süden hereinbrechen. Alles würde von vorn beginnen, und es würde keinen Frieden geben. Jeder in dieser Siedlung hatte Boldar und seine Krieger unterstützt, und jeder trug seine ganz eigene Mitschuld an den Massakern, die in Majunay stattgefunden hatten.

Hier und jetzt musste alles ein Ende nehmen. In einem letzten Kampf würde das Ende seines Rachefeldzuges besiegelt werden. Und Larkyen kämpfte.

Die Kedanier leisteten heftige Gegenwehr, und er bewunderte ihren Mut, doch sie alle waren nur Menschen, die im Kampf gegen einen Unsterblichen stets unterlagen. Jede seiner Bewegungen, ein jeder Schlag, Stoß oder Tritt war von solch schrecklicher Kraft erfüllt, dass kein Kedanier Widerstand leisten konnte.

Larkyen tötete alle in der Siedlung: Die Männer, damit weder neue Waffen geschmiedet noch Kriege geführt werden konnten; und die Frauen, damit sie keine Nachkommen mehr zur Welt brachten, die Krieg und Gewalt säen würden. Er tötete sogar die Kinder, damit sie weder den Tod ihrer Eltern rächen noch zu Kriegern heranwachsen konnten.

Es dauerte lange, bis ihre Todesschreie in den schneebedeckten Weiten der Wildnis verhallt waren.

Dann ließ Larkyen Kaerelys sinken und blickte hinaus in die Eiswüste. Schneeflocken tanzten in der Luft. Er war allein in der kedanischen Siedlung, und nur der Wind durchbrach immer wieder das anhaltende Schweigen.

Dies war die Einsamkeit eines Kriegers, eines Mannes, der alle Schlachten überlebt hatte und inmitten seiner gefallenen Gegner triumphierte – die Einsamkeit eines Rächers, der seine Rache bekommen hatte.

Vielleicht aber auch, so dachte Larkyen, die Einsamkeit einer Bestie …

Sein Werk war vollendet. Weder im Norden, noch im Osten der Welt gab es für ihn noch etwas zu tun. Nun wollte er seine Aufmerksamkeit auf den Westen richten, auf die Ufer des grauen Meeres, auf Kentar.

Der Weg dorthin war weit und würde viele Tage und Nächte dauern. Gewiss barg er einige unbekannte Gefahren, und das Verderben mochte überall lauern. Larkyens Herz aber war frei von Furcht. Ein Kind der schwarzen Sonne vermochte sich alle Welt untertan zu machen. Eine neue Ära hatte begonnen. Und er wusste, dass seine Taten nicht in Vergessenheit geraten würden.

Bald schon würden sich die Menschen Geschichten über ihn erzählen – abends am Lagerfeuer, in den Tavernen oder im Kreis der Familie.

Von einem neuen Gott würden sie berichten, der sich im Osten der Welt erhoben hatte. Einem grausamen Gott, den sie den Gott der Rache nannten. Oder einfach nur von einem Helden, der sich tapfer gegen die Barbaren des Nordens zur Wehr gesetzt hatte.

Doch alle würden sie ihn bei dem Namen nennen, den einst eine sterbende Mutter in den Wind geflüstert hatte.

Larkyen.

Die Wiedergeburt

Epilog

Im Norden Kedaniens, in der Schneewüste Drakkarias, am Rande des ewigen Eismeers, ragt ein Berg aus Eisen in den grauen Himmel.

Auf seiner von Schnee verwitterten Spitze steht ein Thron, geformt aus Eis. Dort residiert seit langer Zeit der mächtige Kriegsgott Nordar. Er spürt die schneidende Kälte nicht, die jeden anderen in dieser Höhe sofort erfrieren ließe.

Nordar ist von gleichem Wuchs wie der größte Kedanier, und seine Muskeln zeugen von roher Kraft. Auf seiner Haut sprießen schwarze Haare und lassen ihn mehr als wildes Tier denn als menschliches Wesen erscheinen.

Der buschige Schopf auf seinem Haupt aber, der seinen Schädel wie die Mähne eines Löwen säumt, glänzt wie edelste Seide.

Und wenn auch sein Gesicht animalische Züge aufweist, seine Stirn breit und niedrig ist, so künden seine schimmernden Augen doch von einer archaischen Intelligenz.

Mit Argwohn blickt der Kriegsgott über die weißgraue Landschaft in Richtung Süden, wo der treueste seiner Untertanen gefallen ist. Der Wind trug Todesschreie über die weite Strecke hinweg an sein Ohr. So hat Nordar vom Tod des mächtigen Boldar und seiner kedanischen Anhängerschaft erfahren.

Vielen Kriegern ist Nordar schon begegnet. So manchem, der stark und mutig genug war, den eisernen Berg zu erklimmen, hat er im Zweikampf auf die Probe gestellt.

Und Boldar war der stärkste unter all jenen Kriegern.

Doch es gibt immer einen, der stärker ist.

Wessen Hand trägt nun das Schwert Kaerelys?

Lange sinnt Nordar darüber nach und fragt sich, ob

der Bezwinger Boldars möglicherweise gar kein Mensch ist. Wurde er vielleicht unter demselben finsteren Himmelszeichen geboren wie er, der Gott des Krieges? Die schwarze Sonne hat viele große Krieger hervorgebracht, und jeder Teil der Welt kennt seine eigenen Helden und Götter.

Langsam erhebt sich Nordar, erfüllt vom Gedanken, den Tod seiner Anhänger zu rächen. Das Eis, das ihn so lange an seinen Thron gefesselt hat, ächzt und knarrt.

Von Schneemassen eingehüllt, lehnt an der Seite des Throns der Schaft einer Axt, um den die Finger seiner rechten Hand sich nun schließen. Es ist die erste Waffe, die er damals, ehe die zweite schwarze Sonne erschien, aus dem Eisen des Berges geschmiedet hatte. Sie ist von gleicher Macht wie das Schwert Kaerelys.

Nordar erhebt die Axt, mustert das wuchtige Blatt.

Dann flüstert er den Namen, den er jener Waffe gegeben hat und den nur er kennt: „Gezarynus!" Der Stahl erstrahlt in funkelndem Schein, als würde er noch im Schmiedefeuer glühen, und erhellt die Spitze des Berges.

Nordar, das Kind der ersten schwarzen Sonne, der Kriegsgott der Kedanier, steigt den eisernen Berg hinab und macht sich daran, die Schneewüste Drakkarias zu durchqueren. Sein Weg wird ihn nach Süden führen, um sich dort einem mächtigen Gegner im Kampf zu stellen. Sieg oder Tod.

In der Natur gibt es immer einen, der stärker ist.

Die Wiedergeburt

Anhang

Kedanien – Ein kaltes Land voller Schnee und Eis, hoch im Norden der Welt. Dort leben die Kedanier, ein Volk von Barbaren. Ihre Siedlungen sind über die weiten Schneeebenen verteilt. Kedanier sind größer und stärker als Menschen anderer Herkunft. Sie verehren Nordar, den Gott des Krieges. Das größte Streben der Kedanier gilt dem Krieg und der Eroberung. Im Kampf zu sterben bedeutet für sie höchste Ehre. Sie kennen keinerlei Furcht, und ihr Glaube an die eigene Überlegenheit gegenüber anderen Völkern ist ihre einzige Schwäche.

Majunay – Das Land der Steppe, im Osten der Welt gelegen, ist nur dünn besiedelt und überwiegend von Nomadenstämmen bewohnt, die mit ihren Pferden und Nutztieren durch die weiten Gräserebenen ziehen. Im östlichsten Teil des Landes, nahe dem Fluss Nefalion, liegt die einzige Stadt Majunays, Dakkai genannt. Dort ist die Mehrheit der gut ausgebildeten und gerüsteten Soldaten unter General Sandokar stationiert. Das Banner Majunays zeigt einen gewundenen schwarzen Drachen auf rotem Tuch.

Kentar – Ein kleines Land im Westen der Welt, an den Ufern des grauen Meeres gelegen. Das Volk der Kentaren unterlag im Zeitraum eines lange andauernden Krieges seinen Feinden und wurde fast vollständig ausgelöscht. Die bewaldeten und hügeligen Landstriche sind weitgehend verwaist.
Das Banner der Kentaren zeigt einen weißen Wolfskopf auf schwarzem Tuch.

Zhymara – Ein südlich an Majunay grenzendes Land voller Sand- und Steinwüsten. Die dunkelhäutigen Zhymaraner kämpften einst zusammen mit den Kedaniern gegen das Volk der Majunay und scheiterten bei dem Versuch, die Stadt Dakkai zu belagern.

Kaysaren – Ein Stamm von Jägern, der die bewaldeten Gebirgskämme im Westen Majunays bewohnt. Die Kaysaren besitzen die außergewöhnliche Fähigkeit mit ihrer Umgebung regelrecht zu verschmelzen und somit für die Augen anderer unbemerkt zu bleiben. Nur wenig ist über dieses zurückgezogen lebende Volk bekannt.

Schwarze Sonne – Ein Himmelsphänomen, das bisher drei Mal in der Geschichte der Welt auftrat. Wann immer sich die Sonne schwarz färbte, wurden den während dieser Zeit geborenen Kindern außergewöhnliche Fähigkeiten verliehen. Jene Kinder werden auch als Kinder der schwarzen Sonne bezeichnet.

Das Phänomen der schwarzen Sonne ist weitgehend unerforscht, und niemand kann erklären, wie und warum die Kinder der schwarzen Sonne ihre Fähigkeiten bekommen.

Nordar – Der Gott des Krieges ist ein Kind der ersten schwarzen Sonne und der letzte noch auf Erden Existierende seiner Generation. Er entstammt einem prähistorischen Zeitalter. Seine Kraft ist gewaltig, und er kann als der stärkste aller Kinder der schwarzen Sonne gelten.

Tarynaar – Der Gott der Kentaren ist ein Kind der zweiten schwarzen Sonne. Während des Krieges im Westen verließ er Kentar und bewahrte Larkyen vor dem Tod.

Patryous – Die Göttin aller Reisenden ist ein Kind der zweiten schwarzen Sonne. Sie stammt aus dem Osten der Welt.

Die Bücher der Larkyen-Reihe

Weitere Infos über den Verlag
und seine Autoren finden Sie unter:

www.pandaemonium-verlag.de

Nach seinem Sieg über Boldar die Bestie bricht Larkyen, der Sohn der schwarzen Sonne, gen Westen auf. Dort will er sich einen lang gehegten Wunsch erfüllen und die Heimat seiner Ahnen bereisen. Sein Weg führt ihn durch das Gebirgsreich Kanochien, wo er sich einem schier übermächtigen Gegner stellen muss. Denn Nordar, der Gott des Krieges, fordert Rache für ein von Larkyen verübtes Massaker. Doch der Kriegsgott verfolgt noch andere Ziele, deren Erfüllung das Ende der Welt bedeuten würde. Gemeinsam mit neuen Verbündeten stellt sich Larkyen der Bedrohung.

Uwe Siebert
Der Gott des Krieges
Roman

Pandämonium Verlag
erhältlich als Print und E-Book

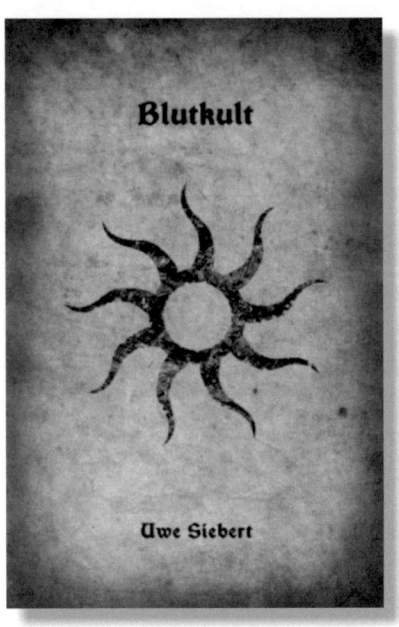

Wo die grünenden Täler des Landes Laskun von Sümpfen verschlungen werden, liegt die Grenze zum einstigen Fürstentum Nemar. In seinem Bestreben, den Tod für immer zu besiegen, beschwor der ansässige Fürst unheilvolle Mächte herauf und läutete das unheimlichste Kapitel in der Geschichte Laskuns ein. Als Larkyen, der Sohn der schwarzen Sonne, das Land durchquert, stößt er auf verwaiste Städte und Siedlungen, deren Einwohner spurlos verschwunden sind. Inmitten der Sumpflandschaft Nemars sieht er sich mit den Anhängern eines fanatischen Kults konfrontiert, der im Verborgenen existiert und für das Verschwinden der Laskuner verantwortlich zu sein scheint.

Uwe Siebert
Blutkult
Roman

Pandämonium Verlag
erhältlich als Print und E-Book

Nach einer langen Reise und vielen Abenteuern hat Larkyen mit seiner Gefährtin Patryous endlich das Land Kentar erreicht. Dort erhofft er sich Hinweise auf seine Vergangenheit, doch der Unsterbliche findet lediglich die Schlachtfelder und Massengräber eines längst vergangenen Krieges vor. Eines Tages begegnet er Wulfgar, dem totgeglaubten König der Kentaren. Durch eine Intrige zwingt der König den Unsterblichen dazu, in das Nachbarland Bolwarien zu reisen. Inmitten des ewigen Waldes soll Larkyen ein uraltes Artefakt entwenden, in das die Runen des Lebens und des Todes eingraviert sind. Mit Hilfe des Artefakts will Wulfgar das sagenumwobene Totenheer entfesseln und einen neuen Krieg über den Westen bringen. Doch noch eine andere Bedrohung sucht die friedliebenden Völker des Westens heim. Der Himmel verfinstert sich, und die ewige Nacht wird von den Reißzähnen und Klauen eines alten Feindes regiert. Es ist Larkyens Aufgabe, zu entscheiden, ob das Totenheer auf der richtigen Seite kämpfen wird.

Uwe Siebert
Totenheer
Roman

Pandämonium Verlag
erhältlich als Print und E-Book

Einige Zeit ist vergangen, seit Larkyen mit dem Totenheer siegreich von den Schlachtfeldern des Westens zurückgekehrt ist. Aus Anerkennung gewährt der Imperator von Kyaslan ihm und seiner Gefährtin Patryous eine Audienz im Reich der Unsterblichen. Auf dem Weg dorthin müssen sie die größte Stadt der menschlichen Zivilisation durchqueren. Inmitten der Straßenschluchten von Meridias begegnet Larkyen dem alternden Majunaykrieger Khorgo wieder. Doch die Freude über das Wiedersehen ist nur von kurzer Dauer, denn Khorgos Tochter Zaira schwebt in großer Gefahr. Tief unter der Stadt, in den von Dunkelheit erfüllten Kanälen, lauert eine Kreatur, die schon seit langer Zeit auf Zaira wartet und deren Macht und Einfluss nicht zu unterschätzen ist.

Uwe Siebert
Totenkönig
Roman

Pandämonium Verlag
erhältlich als Print und E-Book